夜桜乙女捕物帳

みだれ髪

和久田　正

学研M文庫

本書は文庫のために書き下ろされた作品です。

目次

第一話　みんな　元気で

一

大番屋の前を通りかかると、大障子《おおしようじ》に灯りが煌々《こうこう》とともり、少し開いたそこから異様な光景が目に入った。

何人もの男たちが、土間に座り込んだ老人を居丈高《いたけだか》な様子で取り囲んでいるのだ。

「おや……」

乙女《おとめ》はそのまま行き過ぎることが出来なくなった。

なんの罪を犯したのかは知らないが、その老人がいかにも哀れで、娘十八の胸がきゅんと痛んだ。

木戸門を通って大障子を開けると、男たちが一斉に怒ったような顔を向けた。

「今晩わ」

臆病な亀のように少し首を引っ込め、男たちに会釈《えしやく》した。心のなかでは決して臆してはいないのだが。

「なんだ、おめえ、こんな刻限に」

伊佐山久蔵《いさやまきゅうぞう》がぶっきら棒に言う。花の定町廻り《じょうまち》同心だから、乙女のような目下の者にはいつもこんなものである。この男は平凡な顔立ちのどこにでも居る中年だが、こと捕物に関しては長年の経験と勘を身につけた能吏《のうり》なのだ。

刻限は夜の五つ（八時）を廻っていて、じっとりと汗ばむ初夏の晩であった。

「町名主《なぬし》さんに呼ばれまして、その帰りなんです」

「揉め事か」

「いえ、祭りが近いので、町内の男衆といろいろと打ち合わせを」

「そいつぁご苦労だったな、もうけえって寝ていいぞ」

「ええ、でも……何かあったんですか」

老人を見ながら言った。

「この爺いは博奕《ばくち》の胴元《どうもと》をつとめやがったんだ」

「んまあ」

乙女が下っ引きの何人かを押しのけ、老人のそばに立った。

するとと七十は過ぎていると思われるその老人が、皺だらけの顔でにっこりと笑った。

それはなんとも憎めない罪のない笑顔で、とても性悪《しょうわる》な博奕打ちには見えなかった。面長《おもなが》で鼻筋が通り、目もきりっとしているから、若い頃はさぞや女を泣かせたことだろうと思われた。だが今は白髪《しらが》頭の髷《まげ》も細く、顔にたるみも出て、それに色艶《いろつや》も失せて生気がない。

伊佐山に代り、岡っ引きの住吉町の小吉《こきち》が乙女に説明をする。

「この爺さんは小網町《こあみちょう》に住む団五郎《だんごろう》といってな、まっ、言ってみりゃ博奕打ちのなれの果てなんだ。ふだんは隠居を決め込んでるんだが、時々思い出したようにてめえん所で賭場《とば》を開くんだよ。ふてえ爺《じじ》いだろう」

「そうなの？　お爺ちゃん」

乙女が問うと、団五郎は小吉の袖を引き、この娘っ子はどちらさんだと、かすれたような声で聞いた。

「この娘《こ》はよ、こう見えてもお上《かみ》御用を賜《たまわ》るれっきとした岡っ引きなんだ。今売り出し中の乙女親分てえとこさ」

乙女が面映《おもはゆ》い思いで目を伏せる。

「うへえ」

団五郎があんぐり口を開けて乙女を見た。

「なんだ、そのうへえってな」

「岡っ引きにしちゃ、品がよすぎらあ」

「やい、団五郎、おめえの言うことにゃ棘《とげ》があるぞ。それじゃまるで、岡っ引きはみんな下品だと言ってるみてえじゃねえか」

小肥《こぶと》り短軀《たんく》の小吉が、鼻の穴を膨《ふく》らませて言う。

「その通りだ」

悪びれもせず、団五郎が言った。

「なんだと、この野郎」

「小吉、その辺にしておけ」

伊佐山が気色《けしき》ばむ小吉を押し止《とど》め、団五郎に屈《かが》むと、

「団五郎、おめえ、本当に博奕から足を洗わねえと遠島にしちまうぞ。今までもさんざっぱら追放や敲《たた》きの刑を受けてるんだ。それでも懲《こ》りねえのか」

「懲りねえ、博奕はおれの生き甲斐《がい》だ」

ほざく団五郎に、伊佐山はうんざり顔で、

「おめえ、これまでおれがどれだけ庇《かば》ってきてやったかわかってねえようだな。そりゃ昔に比べりゃ博奕の取締まりも緩《ゆる》くなったが、おめえみてえな悪質な常習者は、み

せしめの為に厳しく罰してもいいことになってるんだ。今まではおめえの高齢に免じて、悪行《あくぎょう》はみんなおれの胸に納めてきたが、そうやって前非を悔やまねえ姿は不届きだぞ」

「伊佐山様の言う通りだよ。よっくわかってらあ。けどなあ……」

「けど、なんだ」

「日が暮れると、酒と博奕が仲良く連れ立っておれん家《ち》へやってくるんだ。追い返すわけにゃゆくめえ」

うす笑いを浮かべて言ってのけた。

男たちが呆れたように溜息を吐いた。

「伊佐山様、この爺さんはもういけません。性根が腐っておりやす。見逃してやるのもてえげえにしねえと、今度は伊佐山様のお立場が悪くなりやすぜ」

小吉が言い、伊佐山も首肯《しゅこう》して、

「そうだな、ここいらで心を鬼にするか」

「それがようござんすよ」

「待って下さい」

乙女の声に、一斉に視線が集まった。

「伊佐山様、このお爺さん、わたしに預からして貰えませんか」

「乙女、何を言い出すんだ。こんな縁もゆかりもねえくそ爺いの為に骨なんか折ることはねえ」

「確かにくそ爺いかも知れませんけど、根っからの悪人とも思えません。わたしが立ち直らせてみせます」

小娘が大見得《おおみえ》を切った。

「乙女ちゃん、悪いことは言わねえ、それだけはやめとけ」

小吉や下っ引きらが騒いだ。

「お願いします、伊佐山様」

乙女が再び頼んだ。

団五郎の処分には、伊佐山もまだ決めかねているところがあり、団五郎を持て余してもいたから、乙女の提案を時の氏神《うじがみ》のように感じて、

「そ、そうかい、それじゃおめえに下駄《げた》を預けてみるか……」

「はい」

「けど団五郎と乙女が歩いてると、爺様と曾孫《ひまご》だな」

大して面白くない伊佐山の比喩《ひゆ》だが、小吉たちもこの場を救われたような気分にな

って笑い声を上げた。

二

南茅場町の大番屋から、江戸橋を渡って本船町へ入り、さらに荒布橋《あらめ》を渡ると、そこはもう小網町である。

日本橋川の川面《かわも》に満月が揺れている。

団五郎の家は小網町一丁目で、思案橋の袂《たもと》にあった。

長屋ではなく小体《こてい》な一軒家で、昔はそこで釣り道具屋をやっていたのだと、団五郎が乙女に言った。

博奕ひと筋にきたのかと思っていたら、堅気《かたぎ》の生業《なりわい》も持っていたのかと、乙女が団五郎への見解を少し改める。

「まあ、へえってくれ」

団五郎に招き入れられ、乙女は家のなかへ入った。

玄関へ入ると土間が横に伸びていて、雨戸を打ちつけてある所がかつての店だったようだ。

座敷が二間あり、北向きに台所がある。

団五郎は行燈《あんどん》に灯《ひ》を入れると、くつろいでくんなと言って乙女に席を示した。

乙女は薄い座布団《ざぶとん》に座ると、

「団五郎さんはひとり暮らしなんですか」

そうだよと言って、団五郎が乙女に茶を淹《い》れる。

「おかみさんは」

「とうの昔にあの世行きだ」

「お子さんは」

「娘が二人。孫も居るぜ」

「皆さん、お近くに？」

「上の娘は神田岩本町《いわもとちょう》、下の娘は下谷三味線堀《したやさみせんぼり》だ」

「下の娘さんだけ、ちょっと遠いんですね」

「おれから逃げやがったのさ」

「それは、どうして」

「見りゃわかるだろう。こんなやくざな父親が居たんじゃ、世間体が悪いのさ」

「じゃお二人とも、行き来はないんですか」

「ねえな。盆も正月も、面《つら》も出さねえ。孫の歳さえ忘れちまった」

ここで釣り道具屋を始めたのは家族がばらばらになってからで、それもひとりで商いをしていても張りがないので、五年前にやめにしたのだと言う。

「ふうん、それはお寂しいですね」

「なんだと」

団五郎が不意に目を尖《とが》らせた。

「えっ……」

「寂しいことなんかあるわけねえだろう。そいつぁふつうの年寄りの言う科白《せりふ》だ」

団五郎は苛立《いらだ》ったような顔になり、莨盆《たばこぼん》を引き寄せて煙管《きせる》に火をつけると、

「違うんですか」

「おれぁな、自慢じゃねえが若え頃からしてえ放題をやってきた。その昔はいなせな鳶人足《とびにんそく》だったのさ。飲む打つ買うに喧嘩《けんか》三昧《ざんまい》よ。死んだ嬶《かか》ぁは泣かされっ放しで、家んなかはしょっちゅう火の車だから、夫婦喧嘩の起こらねえ日はなかった。そんななかで育った娘二人が、長じておれに親孝行なんぞ考えるわけがねえじゃねえか。だからよ、何もかも身から出た錆《さび》、自業自得《じごうじとく》なんだ」

紫煙をくゆらせ、自嘲気味に言った。

「そっかあ、なるほど……」

乙女が変な納得のしかたをする。

「ところでおめえはどうして岡っ引きなんかやってるんだ。あたら若え身空《みそら》で、人様から嫌われるそんな稼業をよくやってるな」

乙女はえへんと咳払いをし、

「それはですね、あくまで世の為人の為を考えまして」

「ふざけるなよ」

「はっ？」

「世の為人の為が聞いて呆《あき》れるぜ。おれの為を考えてくれるんなら、十手は返上してくれよ。十手持ちが居るお蔭でおれぁのびのびと博奕が打てねえ。やりてえようにやれねえ。おめえたちが居ることは迷惑なんだ」

「それはおかしいですよ、団五郎さん。博奕打ちだけではなく、世の中にはいろんな悪党がはびこっています。もしわたしたちが居なかったら、弱い人たちは泣かされ通しじゃありませんか」

「聞いたふうなことぬかすんじゃねえ。おめえのことは知らねえが、岡っ引きほどたちのよくねえ連中は居ねえんだ。何かと十手風を吹かせて威張りくさりやがって、鼻持ちならねえぜ」

「確かにそういう人も居るでしょう。けどまっとうな岡っ引きだって大勢居るんです。その人たちが居るから、町の衆は安心して暮らせるんですよ」

「ふふふ」

「なんですか、その笑いは」

「おめえはまだまだ青いよ、若えよ」

「あ、そうですか」

乙女が形のよい鼻をつん、とさせた。

「おい、よく聞けよ。世の中ってな、黒と白だけじゃねえ。ねずみ色もあるんだぞ」

「ねずみ色？」

「善か悪か、ひと目見ただけじゃわからねえ人間も居るってえことよ。つまりは仏の顔をして、裏で鬼になるような奴らだ。それを見極《みきわ》めるのは並大抵じゃねえ。だがおれにゃそれがわかる」

「誰のことか、目当てがあって言ってるんですね」

「そうだよ、目当てがあるのさ。あいつだけは許せねえ」

「誰のことなんですか」

「……」

「団五郎さん、そこまで言ったんなら教えて下さいよ」

「今日会ったばかりで、おれぁまだおめえのことを信用してねえ」

「遠島にならずに済んだのはわたしのお蔭なんですよ」

「へん、おれの身柄を預かったつもりか」

「そうです、後見人です」

「笑わせるなよ、小娘の分際で」

乙女がむっとして、

「小娘だと思ってあなどったら、後で後悔することになりますよ」

「後悔なんかしねえ。もういい、今日のところはけえってくれ。おめえの面は見飽きた」

「団五郎さん」

乙女がきっと見やると、団五郎は拒む姿勢で、あさっての方を向いて莨を吹かした。

この頑固爺さんめと、乙女は腹の内で毒づいた。

三

浅草山谷堀は日の暮れともなると、吉原遊廓《ゆうかく》へ通う猪牙《ちょき》舟、屋形船、はや舟などが輻輳《ふくそう》して大層な賑わいとなる。

その南河岸《かし》には大きな船宿が幾つも建ち並び、堀の芸者と呼ばれるきれいどころの姿も華やかに目立ち始める。

河岸を往来する人影が、落日を浴びて影絵のように見えるなか、今戸《いまど》の金造《きんぞう》が供も連れずにひとりでやってきた。

金造は今戸町から山谷町辺りを縄張りとする岡っ引きで、この界隈《かいわい》では仏の金造親分と呼ばれている。歳も四十を過ぎて、押しも押されもしないはずだが、金造は極端に背が低く、育ち盛りの子供ぐらいしかないのだ。

顔つきも猿の干物《ひもの》を思わせるような貧乏相で、大風が吹けば飛んで行ってしまいそうなほど体重も軽い。

それでいて土地の人たちから敬《うやま》われ、慕《した》われているのはひとえに人柄のよさであり、誰に対してもやさしく接し、面倒見がいいからなのである。

すれ違う顔見知りの挨拶《あいさつ》に柔和《にゅうわ》な笑みで応えながら、金造が入って行ったのは麓屋《ふもとや》という船宿であった。

齢を重ねるあまりに、男か女かわからなくなってしまったような女将《おかみ》が、こぼれんばかりの笑みで迎え出る。

「まあまあ、親分さん、ようこそ」

声までだみ声だ。

「連れは来てるかい」

「へえ、最前《さいぜん》からお待ちでござんすよ」

女中の案内で部屋へ通されると、そこにみすぼらしい身装《みなり》の娘が座っていた。

娘は髪の手入れも悪く、着ているものも垢《あか》じみていて、生活の労苦がまざまざと窺えるのだが、行燈《あんどん》に照らされたその顔は驚くほど目鼻の整った美人である。若いから肌の張りもいい。

「待たせたね」

娘は顔を上げず、小さな声で「いえ」とだけ言った。

「どうだね、商いの方は」

「それが、なかなか思うようには……」

暗い表情でうつむいた。

娘はお才《さい》といって、作り花（造花）を売り歩くのを生業としていた。

そこへ女将と女中が入ってきて、酒肴《しゅこう》の膳が出された。徳利は三本ほど並んでいる。

女将が愛想《あいそ》を言って、金造の袂につけ届けの金包みを落とした。

やがて二人が出て行くと、金造は盃を取って無言で突き出し、酌をうながした。

それに気づかず、お才はうなだれている。

そこで金造の顔に侮蔑《ぶべつ》の色が浮かんだ。気の利《き》かない馬鹿娘がと、胸の内で罵《ののし》る。

仏の顔つきが少しずつ変化していた。

金造はやむなく手酌で酒を注ぎながら、

「半次郎《はんじろう》はもう一年くらいかかるらしいよ」

独り言のようにして言った。

お才がはっとなってにじり寄り、

「一年延びたんですか」

「寄場《よせば》で乱暴を働いたそうなんだ」

「……」

お才が絶望感にうちひしがれる。

「馬鹿は死ななきゃ治らないのかねえ。寄場づとめはおおよそ二年と決まってるんだ。おとなしくしてりゃ秋には出られたものを。しかも殴った相手は寄場の役人だという話だ。下手をしたらもっとかかるかも知れないよ」

お才が必死の目になって、

「親分さん、なんとかなりませんか」

「そんなこと言ったって、おまえ……」

「弟が出てこないと困るんです。お父《と》っつぁんが死にかけてるんですよ。半次郎が寄場へ送られた年におっ母《か》さんが死んで、今度はお父っつぁんまで……このままじゃ半次郎はふた親の死に目に会えないことになってしまうんです」

「仕方ないだろう、半次郎は罪を犯したんだから」

「いいえ、あれは人を助ける為にやったことなんです」

「しかし殴った相手が悪かった。町名主様にそんなことするからいけないんだ。町名主様といい、寄場のお役人といい、どうしてあいつは権力のある相手に歯向かうんだい。まったく損な性分だねえ。長いものには巻かれなくちゃいけないのにさ」

「町名主様が町の人に理不尽なことをしたからです。それはもう何度もお話ししました。親分さんは寄場に顔が利くと聞いて、それでこうしてお願いに……なんとか口を利いて下さい、後生です」

お才が畳に額をすりつけた。

金造は酒で顔を赤黒く光らせながら、お才の白い襟足《えりあし》にすばやく目を走らせ、ごくりと生唾を呑んで、

「まっ、あたしならやってやれないことはないけど……」

含んだ言い方をした。

「おあしでしたらあたし、一生懸命働いて作ります」

金造がうす笑いで、

「おまえの生業じゃ、何年掛かることやら」

「茶屋で働くことにしました、もう話はつけてあるんです。前借りをすれば、まとまったものが」

「金なんかいらないよ」

「えっ、じゃどうしたら……」

「まずおまえのだね、持ちものを見せておくれよ」

金造が歯茎を剝《む》き出しにして卑猥《ひわい》に笑う。

なんのことかわからずにお才が困惑していると、金造が形相《ぎょうそう》をがらっと一変させて

本性を現した。

「あそこを見せろと言ってるんだよ」

生娘のお才が青くなり、とっさに腰で後ずさった。

「いつまでもねんねを気取ってるんじゃねえぞ、この阿魔《あま》は。このおれ様が股ぐらの風通しをよくしてやろうと言ってるのがわからねえのか。茶屋女なんかになったら、どうせ散らされる花なんだ。とっとと裸になれよ」

猿の干物が居丈高になった。

逃げようとするお才に、金造が牙を剝いてとびかかった。

「嫌っ、やめて下さい」

「おとなしくしろ」

がらっと障子が開き、そこへぐでんぐでんに酔ったふりの団五郎が入ってきた。千《ち》鳥足《どりあし》を装い、唐紙や壁にぶつかってみせる。

「よっ、こりゃ仏の金造親分じゃねえか」

とたんに金造が悪い顔になり、急いでお才から離れて取り繕った。

「団五郎の爺さん、何しにきたんだ」

金造が不機嫌に言う。

「いやな、ここを通りかかったら聞き覚えのある親分の声がしたもんだからよ、ご挨拶しなくちゃ悪いと思ったのさ。む？　この娘さんは誰だ。てえへんな別嬪《べっぴん》じゃねえか。うへへ、親分も隅に置けねえな」

とかなんとか言いながら金造にむりやり盃を持たせ、酌をしながらわざとこぼしたりして、その隙にお才に行けとうながした。

お才が戸惑っていると、さらに団五郎が目で合図をした。それでようやくお才が逃げるように出て行った。

その瞬間のやりとりを、金造は見逃さなかった。

「あっ、おい、まだ話が……」

追いかかる金造の腕を、団五郎がぐいっとつかんで強引に座らせ、

「仏の親分、今宵《こよい》は男同士で心ゆくまでやろうじゃねえか」

そう言いながら、徳利のひとつに口をつけてぐい飲みをした。

分厚い団五郎の手で躰を押さえられているから、小男の金造は身動きがとれない。

空惚《そらとぼ》けた団五郎のその横顔を、金造は怒りの目で盗み見た。

四

団五郎が喧嘩をして怪我を負ったという知らせは、小吉親分の所の下っ引きが伝えにきた。

甚左衛門町《じんざえもんちょう》の内田朴庵《うちだぼくあん》なる外科医の元へ、団五郎は担ぎ込まれたという。

その時乙女は、住居である日本橋南の式部小路《しきぶこうじ》の長屋に居て、下っ引きの為五郎《ためごろう》を伴って医家へ急いだ。

この為五郎という男は元説教泥棒で、追放刑を受けた後に江戸へ舞い戻り、堅気の雪駄《せった》直しの仕事に就いていた。だがその愛すべき人柄を惜《お》しんだ乙女が、是非下っ引きにと頼んだのだ。だから今でも為五郎は、捕物のない時は雪駄直しをやっている。

その人相風体はといえば、歳は三十二で眉薄く、目は垂れ、唇は受け口で、背は中くらいで肉づきはよく、人となりは落語に出てくる庶民階級そのもので、この男の常識は世間の非常識なのだ。

「乙女ちゃん、小吉親分から聞いたんだけどよ、その団五郎ってえ爺さんにやけに肩入れしてるそうじゃねえか」

医家へ向かう道すがら、為五郎が聞いた。

「そうなのよ。強がり一点張りのお爺さんなんだけど、どうしたわけか放っとけないの。それでひょんなことからわたしが身柄を預かる羽目になったのよ」

そう言って、団五郎から聞いた本人の身の上話を語って聞かせた。

「ふうん、博奕打ち上がりか。家族に迷惑をかけた末のひとり暮らしなら、文句は言えねえわな。そんな年寄りなら、これまでも何人も見てきたぜ」

「でも団五郎爺さんは気っぷはいいのよ、悪い人じゃないのよ」

「なるほど、乙女ちゃんの肩入れするのもわかるような気がするぜ」

医家というのは甚左衛門町の裏通りにあって、朽《く》ちかけたような木戸門の奥の古びた家であった。

玄関へ入るとちびた草履《ぞうり》が折り重なるように脱いであり、そこから見える広い療治部屋では、怪我《けが》をした人足や子供たちがひしめき合っていた。

貧しそうな医家にも拘わらず、流行《はや》っているようだ。

妻女《さいじょ》らしき若い女が現れ、乙女が御用聞きと知るや、すぐに小部屋へ通してくれた。

若妻はぽっこり腹が出て、どうやら懐妊《かいにん》している様子だ。

「団五郎さんはまだ居るんですか」

乙女が問うと、気さくそうな若妻はにっこりうなずき、

「奥でうんうんなっております。でも大事ありませんからご心配なく」

若妻は一旦退《さが》ると、乙女と為五郎に茶を持ってきた。

「ご新造《しんぞう》さん、随分と流行ってるみてえですね」

為五郎が愛想笑いで言う。

「うちは荒療治《あらりょうじ》なんですけど、すぐに具合がよくなるという噂が広まって、年柄年中こんな有様なんですよ」

療治部屋の方から「おい、楓《かえで》」と呼ぶ男の声がした。朴庵先生らしい。

それで楓と呼ばれた若妻は忙しそうに出て行った。

それから暫《しばら》く待たされ、怪我人の声もしなくなり、静かになったところへ内田朴庵がやってきた。まだ三十前の、繊細で理知的な感じの男である。

「大変お待たせして申し訳ない」

小娘に向かって折り目正しく辞儀《じぎ》をした。

乙女が恐縮し、それから団五郎の容態を尋ねると、朴庵は朗《ほが》らかな表情になって、

「躰の頑丈な年寄りで、尋常であらば重態になるところでしょう。いや、あるいは死んでいたかも知れません。素手で殴られ、棒でも叩かれています。あんな丈夫な人は

見たことがありませんよ」

まずは会ってやってくれと言うので、乙女と為五郎は朴庵の後にしたがった。

細長い廊下の奥に幾つか部屋があり、そこに何人かの宅預かり（入院）の怪我人が寝起きしていた。

三人がそのひとつの部屋に入って行くと、団五郎は布団の上にあぐらをかき、おなじ怪我人の職人風二人と花札を打っていた。

「こらこら、ここは賭場ではないぞ」

朴庵がやさしく怒ると、団五郎が慌てて花札をしまい、職人たちもあたふたと布団に潜り込んだ。

そして団五郎は乙女を見てぱっと破顔し、

「よっ、乙女親分じゃねえか。見舞いにきてくれたのか」

嬉しそうに言った。

乙女に親分をつけたところに、団五郎独特の揶揄《やゆ》が感じられた。

乙女は団五郎の前に座るなり、

「団五郎さん、どうして喧嘩なんかしたの、少しは自分の歳を考えなさいよ」

「売った喧嘩じゃねえ、買わされたんだ」

乙女が眉間《みけん》に皺を寄せ、

「何かわけでもあるの」

「大有りだ。けどおめえにゃ関わりねえ」

「そんなことないわ、わたしは後見人なんですからね。こんな年寄りに喧嘩を売るなんて、一体どんな奴らなのよ」

「言えねえな」

「相手がわかってるんなら言って。わたしが行って叱っとくから」

「おめえにそれをやらしちゃ気の毒だ」

「どうしてよ」

「相手はおめえの同業なんだよ」

「なんですって」

乙女が食い入るように団五郎を見た。

だがそれきり団五郎は口を噤《つぐ》み、ごろりと布団に横になった。そうやって寝ている姿には落魄《らくはく》の影が濃い。

為五郎がひょいと進み出て、

「爺さん、お初にお目にかかるな」

「なんだ、おめえは」

「乙女ちゃんの下っ引きをやってる為五郎ってえもんだ」

「随分と老けた下っ引きじゃねえか、おれと変わらねえだろう」

為五郎は腐って、放っといてくれと言い、

「なあ、今の聞き捨てならねえ話、このおれにだけ聞かしてくれよ」

「なんの話だ」

「おい、ぼけてるのか」

「都合の悪い時はぼけるようにしてるんだ」

「ああ言えばこう言いやがって、まったく口の減らねえ爺さんだな。よしよし、それだけ達者ならぼけのしんぺえはねえ」

そう言うと乙女に耳打ちして、

「こういう爺さんはおいらに任しな。うめえこと聞き出してみせるぜ」

「わかった」

為五郎に団五郎を頼み、乙女は朴庵と共に部屋を出た。

すると朴庵はそれを待っていたように廊下で立ち止まり、乙女に団五郎との関わりを聞いてきた。

そこで乙女が、団五郎と知り合ったこれまでの経緯を述べた。

「あの人は子供は居ないのですか」

朴庵が問うた。

「娘さんが二人居るそうなんですが、ああいうお父っつぁんなので愛想尽かしをされてるみたいなんです。だから近頃はとんと会ってないとか」

「ふむ、そうか……」

朴庵が憂《うれ》いを浮かべ、溜息を吐いた。

乙女はそれが気になって、

「先生、団五郎さんのことで、何か」

「そういう経緯なら、乙女さんに打ち明けても構いませんな」

「なんのことでしょう」

乙女が少し臆したように問うと、朴庵は困惑を浮かべ、

「い、いや、ここではまずい。わたしの部屋へきて下さい」

そう言って、乙女をうながした。

その後にしたがいながら、何やら悪い予感がして乙女の胸は高鳴った。

五

乙女の気分は塞《ふさ》いでいた。

夢中で喋《しゃべ》る為五郎の声も、まるで潮騒《しおさい》を聞くかのように近づいたり遠ざかったりしている。

そこは通り二丁目の裏通りにある「ねずみ屋」という煮売り屋で、乙女と親しい者たちの溜り場である。

小上がりの乙女と為五郎の前に座っているのは、袴田右近《はかまだうこん》という若侍だ。

この男は二十五で、大身《たいしん》旗本家の部屋住みの身分なのだが、そんな境遇に飽き足りず、屋敷をとび出して両国米沢町の餅菓子屋に間借りをし、乙女と意気を通じ合わせて捕物の相棒となっている。

剣は念流《ねんりゅう》の使い手だから、相棒としては申し分のない男なのである。長身で、髷を根結い垂れ髪（ポニーテール）にしていて、町を歩けば娘たちが騒ぐほどの美男ぶりなのに、本人にはまったくそんな自覚はなく、質実剛健に世を生きている。しかもいい所のお坊っちゃんなのに気取りがなく、何人《なんぴと》にも隔《へだ》たりを置かずにつき合う男なのだ。

「団五郎爺さんは気っぷがいいぜ、はっきり言っておれぁ惚れたね。博奕打ち上がりだって聞いてたからよ、もっとやくざっぽい奴かと思ってたら、ところがあにはからんや、男のでえじな筋目やけじめを、きっちり守って生きてる爺さんなんだよ」

団五郎賛美を続ける為五郎を、右近が遮《さえぎ》って、

「為五郎、団五郎の人柄はよくわかった。早く肝心な話を聞かせてくれ」

「よっしゃ。爺さんが目をつけてる悪党は今戸の金造という浅草の岡っ引きでな、こいつは仏の金造と呼ばれてるその陰で、ぬけぬけと悪いことをしてやがるのさ」

「どんな悪事を働いているというのだ」

「立場の弱い奴をねちねちといびりまくってよ、男なら銭、女なら躰を要求するんだ」

「立場の弱い者たちとは、どんな人間たちなのだ」

「身内がちょっとした罪を犯してお上の世話になってたり、まぁ、要するにその為に世間を憚《はばか》って生きなくちゃならなくなったような連中よ。こういう連中は金造に何をされても泣き寝入りをするしかねえだろう。奴はそこにつけ入るってえわけよ」

「それは許せんな」

「団五郎爺さんは金造の悪事を嗅ぎ廻って、出来る限りの邪魔をしてるんだよ。怪我をしたのも、その仕返しをされたからなんだ。やったのは金造の下っ引きたちで、これがまたどうしようもねえ奴らしいのさ」

「うむむ……」

右近はうなっていたが、乙女にどうするねと聞いてきた。

だが乙女は為五郎の話を聞いてなかったので、すっかりまごついて、

「え、なんのこと……」

「乙女さん、しっかりしてくれよ。今日は少し様子がおかしいぞ」

「い、いえ、そんなことは……このところいろあって、疲れてるのかも知れません」

「乙女ちゃん、金造を懲らしめるのはいいんだが、確かに団五郎爺さんが言うように同業だからやり難《にく》いだろう」

為五郎が言う。

「そうね、やり難いわね……」

心ここにあらずの乙女を、右近が怪訝《けげん》に見ている。

そこへ亭主の駒吉《こまきち》がいそいそとご馳走《ちそう》を運んできた。

「皆さん、お待たせしました」

「おめえ、大層手間取ったじゃねえか。こちとら腹ぺこだぜ」

為五郎が文句を言うと、駒吉はにっこり頰笑《ほほえ》んでしなを作り、右近にとろりと流し目をくれて、

「うん、だって今日は大事な人がきてるんだもの。腕によりをかけてたのよ」

と言った。

この駒吉は江戸三座のひとつである河原崎座《かわらざきざ》の女形役者だったのだが、四角い豆腐のような顔に小さな目鼻のついたその面相では、とても芸道を突き進むことは叶わず、落伍して煮売り屋の亭主になったのだ。

歳は三十過ぎで、出が出だけに女に興味はなく、美男の右近に岡惚れしている。右近が店にくると薄化粧をして気を引こうとするのだが、しかし右近の方に男色趣味はまったくないのである。

金目鯛《きんめだい》の煮たのがうまそうで、ほかにも茄子《なす》の赤味噌煮や紫蘇《しそ》のしらが干し、凍り豆腐などが食欲をそそり、健啖家《けんたんか》の右近と為五郎が旺盛に食べ始めた。

駒吉の作る料理は決して不味《ふみ》ではないのだが、この店はなぜかいつも閑古鳥《かんこどり》が鳴いているのである。

「あら、右近様、こんな所に埃《ほこり》が」

駒吉が右近の肩先についた埃を、ぴんと小指を立てながら取ってやる。

「すまんな」

「いいえ、うふん」

その駒吉を為五郎がむかむかと見て、

「おい、おれの面にも埃がついてねえかな。さっきからむずむずするんだ」

だが駒吉は為五郎には冷淡で、

「いいのよ、どうせ為さんなんか。むずむずするのはきっとあれよ、顔が臭いから蠅《はえ》がたかってるのよ」

「あー、世も末だ。こんな不細工なおかまに言われるようになっちゃおしめえだぜ」

「ふん、だ」

乙女が箸も取らずに沈んでいるので、駒吉はふっと訝《いぶか》って、

「乙女ちゃん、どうしたのよ。いつものあんたらしくないじゃない」

「うん、今日はなんだか、その……」

右近も最前からの乙女が気になっていて、

「乙女さん、よほどの心配ごとなんだな」

「……」

「おい、水臭えじゃねえかよ、乙女ちゃん。何があったか知らねえが、ここでぺらぺらっと言ってみなよ。すっきりするぜ」

為五郎も心配して言った。

「ご免ね、わたし、今日はこれで帰るわ」

呆気《あっけ》に取られている三人を尻目に、乙女はすばやく店を出たのである。

六

翌日の昼、乙女の姿は白魚屋敷《しらうおやしき》にある料理茶屋の離れにあった。

白魚屋敷というのは京橋筋にある地名のことで、ここはかつて四季折々の鮮魚を将軍家へ献上する為、佃島の漁師たちが請願し、享保十三年（一七二八）に下賜《かし》された場所なのである。

その白魚屋敷の一角に、いつの頃からかうまい魚料理を食べさせる料理茶屋が何軒か建ち並び、食通をうならせるようになった。

乙女が居るのは蔦屋《つたや》という茶屋で、いつもご贔屓《ひいき》だから顔馴染みである。正確には乙女がご贔屓というのではなく、乙女の父親がそうなのだ。しかもこの親子は表立つことが出来ないから、この蔦屋が密会場所ということになっている。

では乙女の父親は何者かというと、彼は時の北町奉行遠山左衛門尉景元《とおやまさえもんのじょうかげもと》なのだ。俗にいうなら、遠山の金さんである。

つまり遠山の金さんが若い頃に家の事情から家出をし、武士を捨てたつもりで無頼な日々を送っていた折り、ねんごろになった浅草芸者との間に出来た子が、この乙女というわけなのだ。

表立てない理由は、隠し子だからなのである。

その乙女に捕物の才があることを見抜いた金さんが、娘岡っ引きとして木製の小十手を持たせたのだ。父親がお奉行様なのだから、これほど強力な後ろ楯《だて》はなかった。

爾来《じらい》、乙女は水を得た魚になった。

伊佐山久蔵はこの親子の秘密を知らされていないから、乙女がどうにかこうにか手柄のひとつも立てられるようになったのは、ひとえにおのれの薫陶《くんとう》よろしきを得て、だと勝手に思い込んでいる。

乙女を育てたのは自分であると、吹聴《ふいちょう》してやまないのだ。

乙女と金さんの関係を知っているのは、袴田右近と為五郎の二人だけである。

金さんは乙女のことを目のなかに入れても痛くないほどに可愛がっているから、剣の達人の右近を相棒につけたということは、その護衛役であり、お守役の意味もあるのだ。

しかし乙女とて十三歳の折りに剣の印可《いんか》を受けたほどの腕前だから、護衛などは無用と思っているのである。

それはさておき、乙女は今日になっても気分が塞いだままでいた。

外科医の内田朴庵から打ち明けられたある事実が、心に重くのしかかっているのだ。

昨日から何も食べられず、今日も空腹のままなのだが、依然として食欲はない。他人のことでこんなに痩《や》せる思いをしたのは初めてであった。

「乙女、居るのか」

廊下の向こうから、金さんの声が聞こえてきた。

店の者は薄々乙女と金さんの関係を知ってはいるが、こういう商売の常として、固く口を噤んでいる。ましてや相手が北のお奉行様だから、秘密が漏れたら一大事と思い、親子のことは触らぬ神にしているようだ。

乙女が少しばかり居住まいを正しているところへ、金さんが座敷へ入ってきた。

その身装は着流しに佩刀《はいとう》し、どこかのお旗本のおしのびのような体である。丸っこい顔に、躰はやや小肥り気味だが、その目には決して失われない若さがある。

その人なつっこさは生来のものかも知れないが、多分に巷《ちまた》での無頼暮らしから身につけたものがあるようだ。

この男は一見穏やかそうに見えても、胸の内にいつも鉄火《てっか》の炎を燃やしている。悪行や不正や、そのほかありとあらゆる理不尽なものに対し、たちどころにわが身を捨てて立ち向かうような男なのだ。

乙女はその怕《こわ》さを知っているし、また男はそうでなくてはいけないとも思っている。合わせ鏡にすれば、乙女と金さんは一体なのである。

つまりは鉄火肌の親子なのだ。

「どうしたんだよ、しけた面して」

乙女の前に座るなり、金さんが言った。

「お父っつぁん、聞いて」

「うん、聞くよ」

「あのね、つい最近なんだけど、団五郎さんという博奕打ち上がりのおかしなお爺さんと知り合ったの」

そう聞くなり、金さんは舌打ちして、

「またおめえはよりによって……いつもながら物好きだなあ」

「初めはそうだったかも知れない、でも今はぬきさしならない気持ちなの」

「どういうこった」

「そのお爺さん、不治の病いに罹《かか》ってるらしいのよ」

「どんな病いなんだ」

「膈《かく》だって」

膈とは、今でいう癌《がん》のことだ。

金さんが重々しい溜息を吐く。

「怪我で担ぎ込まれて、外科のお医者さんが手当てしたんだけど、その時お爺さんのお腹にしこりがあるのを見つけたのよ」

朴庵は乙女を自室へ招き入れると、団五郎の病いを打ち明けた。

団五郎本人はさして気にしている様子はないが、あれは間違いなく胃の膈で、腹のしこりがわかるようでは余命はいくばくもないという。

さらに朴庵が団五郎にそれとなく病状を尋ねると、時々腹が痛んで、以前よりも疲れ易《やす》く、躰も軽くなったような気がするという。

さすがに朴庵は不治の病いに罹っているとは言えなかったが、生活を自重するように団五郎に言った。

しかし団五郎は病気などとはむろん思っていないらしく、そんな助言をふり払うようにして、歳のせいだと言い、若い頃から好き勝手をやってきたからそのつけが廻ってきたのだと笑いとばしたという。

朴庵が言うには、今のこの国で膈の病いを治せる医者は居ないとのことだ。

「それでおめえ、すっかり気に病んじまってるんだな」

金さんがやさしく言った。

「そうなの。初めはこの頑固爺さんめと反発を感じたんだけど、年寄りのくせに粋がって、空威張りをして生きてる団五郎さんて人が、不治の病いと知ってから急に可愛く感じられて、気の毒になっちゃったの」

「うむ、確かにその病いは誰にも治せねえようだな」

「お父っつぁん、このままじゃわたしが団五郎さんを看取《みと》ることになっちゃうわ。こんな縁もゆかりもない娘に見取られたって、嬉しくもなんともないはずよ」

「寄る辺《べ》はねえのかい、その爺さん」

「娘さんが二人居るそうよ。でもみんな寄りつかない様子なの」

金さんが身を乗り出し、

「だったらおめえ、こうしてやったらどうかな。おめえが離れた娘たちを呼び戻してやるんだよ」

「えっ、わたしが？」

「骨を折ってやれよ。その爺さんが好きなんだろう」

「うん、とてもわたしの性に合ってるの。口の悪いとこなんてたまらないの」

「おめえも変な娘だな」

「親が親ですから」

ははは、と金さんは笑いかけて、

「おっと、笑っちゃいけねえな。その爺さんにとっちゃ深刻なんだ」

乙女が吹っ切れたような顔を上げ、

「お父っつぁん、わたし、やってみる」

「そうかい」

「離ればなれの家族を、元に戻してみせる」

金さんがぎゅっとうなずいた。

七

乙女は京橋界隈を後にすると、ひとまず西両国へ向かった。

初夏の日差しが強いので日傘を差して道を急ぐ乙女の姿は、しゃきっとした江戸前の小娘だ。

右近が間借りをしている餅菓子屋は笹屋《ささや》といい、しんこ餅を笹の葉のようにして作った笹餅が人気を呼び、名物となっている。

店は頑固者の宇兵衛《うへえ》とよく気の廻るお熊《くま》の老夫婦がやっていて、右近はそこの二階を借りているのだ。

だが乙女が辿り着くと、店は戸締まりがなされて閉まっていた。いつもなら店の前に客が群れているのだ。

「あら……」

乙女が困っていると、上から「乙女さん」と声が掛かった。

「お店、休みなんですか」

乙女が見上げて、窓から顔を覗《のぞ》かせた右近に聞いた。

「ここの夫婦は大山詣《もう》でに出掛けて、店は当分休みなんだ」

ちょっと待ってくれと言い、右近が下りてきて表へ現れた。

いつもの一本差しに菅笠《すげがさ》を携えている。

「これから出掛けるところだったのだ」

そこいらを乙女とぶらつき、右近が菅笠を被りながら言った。

「どちらへ」

「浅草だよ。今戸の金造の悪行を突きとめてやろうと思ってな」

それは本来乙女がやることなので、助かったと思い、

「実は右近様、わたしは当分捕物はお休みです」

「そうか。わけを聞こうか」

昨夜の沈み込んだ乙女の姿があるから、何かあるなと察しをつけて右近が言った。

そこで乙女は、団五郎の不治の病いの話をした。思い余ってそのことをお父っつぁんに相談したところ、疎遠になっている親子の縒《よ》りを戻すのがいいということになり、これからその為に奔走するのだと語った。

「うむ、それは何よりだ」

「右近様もそう思いますか」

「むろんだよ。しかしどんな娘たちなのか、会ってみなくてはわからんな」

「それは承知の上です」

「金造の方はわたしに任せてくれ。少し手ひどく懲らしめても構わんな」

「ええ、ご随意にお願いします」

それで右近と別れ、小網町一丁目へ向かった。

八

「団五郎さん」

呼びかけて家へ入ると、団五郎は座敷に仰向けでぶっ倒れ、死んでいた。

「嘘っ」

乙女が真っ青になって駆け上がると、死んだふりの団五郎がぱっちり目を開け、悪《いた》戯《ずら》っぽい笑みを浮かべた。躰から酒の臭いがぷんぷんしている。

空になった徳利が転がり、どうやら昼間から茶碗酒をやっていたようだ。

「んもう、なんでそんな縁起でもない真似するのよ。歳が歳だから本当におっ死《ち》んだと思うでしょ」

乙女が衝撃を鎮めながら言う。

「ははは、確かに歳が歳だからな、いつ死んでもおかしくねえや」

「怪我はもう大丈夫なの」

「この通り、ぴんぴんしてらあ」

むっくり起き上がると徳利をふって、

「おい、切れちまった、買ってきてくれ」

「酒屋さんは近いの」

「くる途中にあったろう」

「あ、そっか」

ふつうの病人なら御法度《ごはっと》だが、今の団五郎ならなんでもありだ。酒も莨も、好きなだけやらせてやるつもりに乙女はなっていた。

すぐにとび出して行って、酒屋で徳利に酒を満たして貰い、戻ってきた。

すると団五郎は柱に背をもたせたままで、ぽかんと口を開けて寝ていた。それは嘘寝ではなく、気持ちよさそうな寝息が聞こえている。

乙女は起こさず、静かに団五郎を見た。

老いて醜いが、立派な顔をしていた。

家族に迷惑をかけたかも知れないが、他人は泣かせていない老いた江戸っ子の面構えだった。

不意に団五郎が目を醒ました。

「おっ、酒……」

「はい」

乙女が徳利の酒を茶碗に注いでやる。

団五郎はそれを喉を鳴らせて飲むと、ふうっと太い息を吐き、

「ところでおめえ、今日は何しにきやがったんだ」

「娘さんたちのことを知りたくなったの」

「おいおい、もっと楽しい話をしようじゃねえか」

「ふつうなら自慢話になるところよ」

「あんな娘ども、くそっくらえだ」

「恨んでるの」

「向こうがな」

「岩本町の上の娘さん、お名前は」

「お鯛《たい》、魚のてえだぞ」

「下は」

「お鯉《こい》、鯉濃くの鯉よ」

乙女は呆れて、

「なんだって魚の名前ばかりつけたのよ」

「どっちも高くて食いたくなる魚だろうが。その頃は娘の生まれたのが嬉しくて、食いたくなるほど可愛がってやろうと思ったのさ。妙案だと思わねえか」

乙女はにべもなく、

「思わないわ。でも名前のことなんかどうでもいい。お鯛さんはどんな人」

「歳は四十、備後屋《びんごや》ってえ畳屋の女房で、娘と伜《せがれ》が居る。亭主は平十《へいじゅう》というつまらねえ名めえの、どうしようもねえ堅物《かたぶつ》だ。こいつは馬鹿だから酒も博奕もやらねえ。奴の面見ると、胃が痛くなるんだ」

乙女がどきっとして、

「えっ、痛むの?……」

「そういうたとえだ。だから平十とおれとは当然のことながら折り合いがよくねえ。この二十年の間に数えるほどしか会ってねえよ」

「じゃお鯛さんは、二人の間に立って苦労したのね」

「どうだかな、そういうことはおれぁあんまり考えねえことにしてるんだ」

「二人のお孫さんは」

「子供の頃は可愛かったが、今はどうなったかわからねえ。十八と十六だから、どっちも難しい年頃だろう」

「ちゃんとお孫さんの歳、憶《おぼ》えてたのね」

乙女が苦笑しながら言うと、団五郎はばつの悪い顔になって酒に逃げた。

「それで、三味線堀のお鯉さんて人は」

「お、お鯉のこたぁその、あんまり言いたかねえんだが……」

団五郎が落ち着かなくなった。

「何かわけあり?」

「出戻りなんだ」

「ああ、それは……」

「お鯉は指物師《さしものし》と一緒んなったんだが、こいつが酒癖の悪い野郎でな、おまけに気が小せえときてるから、外でおとなしくしていて、家にけえってきちゃお鯉に殴る蹴るをやるんだ。それでしょうがねえから、おれが間に立って別れさせたよ」

「半殺しにしたんでしょ」

「どうしてわかるんだ」

「団五郎さんのやることなすことは、みんなお見通しなんです」

「嫌な娘だな」

乙女はおほほ、と笑って、

「今は何してるの、お鯉さん」

「くだらねえ小汚ねえ店で、酌婦をやってるぜ」

「なんて店？」

「行くのか」

「参考に聞いてるだけ」

「三味線堀の福助《ふくすけ》ってえ縄のれんだ。名めえは聞いてるが、おれぁ一度も行ったことがねえ」

「じゃどうしてくだらなくて小汚いって言えるのよ」

「おれの勘だ」

団五郎が突然話題を変えて、

「この間よ、おめえと一緒にきた老《ふ》けた下っ引きが居たな。あの変な奴」

「うん、為さん」

「あの馬鹿、このおれに説教したんだぜ。そんなの、釈迦《しやか》に説法だと思わねえか」

「為さんの癖なのよ。それがどうしたの」

「奴は所帯持ってるのか」

「ずっと前におかみさんが居たんだけど、先立たれたの」

「今は？　好きな女は居るのかい」

「居ないんじゃない」

「どうかな」

「何が」

「為とお鯉」

「えーっ」

想像だにしないことを言われ、乙女が目をぱちくりさせる。

「おれぁあの馬鹿、気に入ったんだ」

「馬鹿ばかって言わないでよ、わたしの大事な助っ人なんだから」

「どうかな」

団五郎がまた聞いた。

「うーん、悪くない話だと思うけど、こればっかりは当人同士の問題だから」

「そんな月並なこと聞いてるんじゃねえ。おめえ、今夜あたり福助へ行ってお鯉を見てこい。いい女だからきっと為は乗り気んなるはずだ。おめえも気に入るぜ」

「それはいいけど……」

為五郎の縁談に事寄せ、それでお鯉に会う理由が出来、乙女は瓢簞《ひょうたん》から駒だと思った。それにしても、降って湧いた為五郎の縁談である。

乙女は半信半疑で、少しばかり気持ちがまごついた。

九

為五郎の縁談はともかくとして、まずは長女のお鯛の家へ向かった。

備後屋は神田岩本町の目抜きにあり、思ったより大きな畳屋であった。

広い土間では、片肌脱ぎになった大勢の畳職人が畳床を作っていて、床踏み、床作り、かけ縫いなどの作業に追われている。畳針で縫われる藺草《いぐさ》からいい匂いがしていて、表まで漂っている。

平安時代には畳は貴族の座具に過ぎなかったが、鎌倉時代になると地方豪族の館などに使われるようになり、室町時代に至って書院造りが成立するや、さらなる発展をした。

そして江戸時代に入ると、幕府は畳の上に正座する姿勢を封建制の儀礼として定め、諸藩にもこれを統一させた為、支配階級の多くが畳の上で生活するようになった。

やがてこれが商人、町人階級の間にも広まり、遂に全国的な規模に広まった。そうして畳の上で暮らす様式は、わが国独特の生活文化を生み出すことになったのだ。

畳表に使う藺草は、備後(広島県)産のものを最上としており、備後屋の由来もむべなるかなと思わせた。

土間の奥で職人たちを叱咤《しった》しながら畳の縁を縫いつけているのが、親方の平十と思われた。団五郎が言うように、見るからに堅物そうで、石臼《いしうす》のような大きな頭を持った男だ。

しかしそんな男の仕事場へ踏み入るのも憚られたので、裏手へ廻ることにした。

そこに井戸があり、髪に白いものが目立ち始めた中年の女が、大きな漬物の桶を洗っていた。どうやらそれがお鯛らしい。

「お鯛さんですね」

乙女が近寄って言った。

お鯛は見ず知らずの乙女に不審顔を向け、

「そうですけど……」

　おずおずとした口調で言った。

「実は団五郎さんのことでお話が」

　とたんにお鯛が表情を曇らせ、

「おまえさん、どういう人ですか」

　そこで乙女が御用聞きである身分を明かすと、小十手を見てお鯛が嫌な顔になった。恐らく今までもこのようにして、団五郎のことで御用の筋の人間がきたような様子だ。

　乙女がまずこれは詮議《せんぎ》ではないと断っておき、ちょっとしたことで団五郎と知り合い、彼の口から娘たちとの不和を聞き、仲裁出来ないものかどうか、それでこうしてやってきた旨《むね》を伝えた。

「おまえさんもよくよくおかしなことをする人ですね」

「余計な世話は承知の上です」

「言っときますけど、今さらお父っつぁんと仲直りする気なんか、これっぽっちもありませんよ」

「若い頃の団五郎さんはともかく、今はすっかり老いぼれて、わたしは同情してしまったんです」

正直なところを言った。

「あんな爺さんに同情は無用です。子供たちだって寄りつかせないようにしてるくらいなんです。ご詮議じゃないのなら、人の家のことは放っといてくれませんか」

「どうしてお爺ちゃんに孫を会わせないんですか」

「それにはそれなりのわけがあるんです」

「どんな」

「そんなこと、どうしておまえさんに言わなくちゃいけないんですよ」

「関わった以上、なんでも知っておきたいんです」

お鯛は不快を露《あらわ》にして、

「お父っつぁんは伜と娘に博奕を教えようとするんです」

「まあ、博奕を……」

いかにも団五郎らしいと思った。

「それに伜には酒も飲ませるんですよ。だからお父っつぁんと居るとろくなことがないから止めてるんです。あたしが年頃の頃なんぞは、そりゃひどいお父っつぁんだったんですからね。あの人は堅気の人間じゃないんで、みんな嫌ってるんです」

もっともだとは思うが、そのことはおおよそ団五郎から聞いているから、

「ご亭主との折り合いも、あまりよくないそうですね」

「当たり前じゃありませんか。うちの人とお父っつぁんとは水と油で、死ぬまで相容れるとは思えませんよ。悪いのはあくまでお父っつぁんの方なんです」

「お鯛さんもご亭主に心中立《しんじゅうだ》てをしてるんですね」

「一旦嫁《とつ》いだら、その家の人間になるのは当然でしょう」

「でも親子の縁は切れないはずですけど」

「それは親らしいことをして貰った子供のことです」

お鯛の言葉の端々には団五郎への憎しみさえ感じられ、今さらながら彼がいかにひどい父親だったかを思い知らされた。

いきなり会って、団五郎の不治の病いのことを持ち出すわけにはいかないから、今日はこれで帰ろうとした。

するとお鯛が呼び止めて、

「でも何か変ですね。赤の他人のおまえさんが、そこまでしてお父っつぁんのことを気遣うなんて。わけでもあるんですか」

「いえ、わけなど……」

お鯛がじっと乙女を見るので、曖昧《あいまい》に会釈してそそくさとその場を去った。

団五郎の病気のことを知ったら、お鯛はどんな反応をするだろうか。それを知っても、会うことを拒み続けるのか。

金さんは簡単に親子の縒りを戻してやれと言ったが、これはなかなか容易なことではないなと思った。

十

今戸の金造が町内をゆっくりとひと廻りすると、それだけで両袖がずっしり重くなり、肩が凝るほどになる。

仏の顔をしたこの小柄な親分に、商家が軒並に袖の下をつかませるからだ。それも文銭《ぶんせん》ではなく、どこも一分金や一朱銀、二朱銀ばかりだから、たちまち五両くらいにはなる。

金造にしたがっている三人の下っ引きも、いずれも腰が低く、人の好さそうなのばかりで、金造同様に町内の受けがいい。

ひと廻りして一行は人目のない寺の境内《けいだい》へ入り、そこで上がりを分け合った。

こういうところは金造は物惜しみをしないから、四分六できっちり分ける。

下っ引きあっての岡っ引き稼業だと公言して憚らず、さすがに仏の金造なのだ。

「いいか、町の衆の前じゃ笑みを絶やしちゃならねえぞ。やさしくものを言って、聞かれたことにゃ面倒臭がらねえできちんと答えてやるんだ。この稼業は世間の評判が何よりでえじなんだからな」

下っ引きたちが首肯している。

それは金造がいつも言っていることなのである。

それを聞いていてなるほどと思い、この偽善者めと、右近は胸の悪くなる思いがした。

木陰から覗くと、四人は狐《きつね》や狸《たぬき》の集まりに見えた。

しかし袖の下ぐらいでは懲らしめるわけにはいかないから、さらに様子を見ることにした。

そのうち四人は寺を出ると足早になり、山谷堀を抜けて大川沿いに北へ向かって歩き出した。

右近が尾行して行く。

松並木からは蟬の声頻《しき》りである。

浅草橋場町《はしばちよう》の大川端で、大規模な護岸工事が行われていた。無数の人足が泥まみれになって働いている。

金造はその人足たちを遠くから見守っていたが、下っ引きのひとりに何やら耳打ちをした。その下っ引きが人足たちの方へ寄って行き、ひとりの人足を見つけて仔細《しさい》らしく囁《ささや》いている。人足が身を硬くしたのがわかる。

右近が物陰から目を凝らすと、他の人足とおなじ恰好をして手拭いを被っているが、どうやらそれは女のようだ。

掘ったり埋めたりの力仕事は男人足がやっているが、畚《もっこ》を担いで土砂を運び出す作業には何人かの女人足が混ざっていた。

その女人足は畚を置くと、金造の所へ駆け寄ってきた。金造へ恐縮の体《てい》で頭を下げている。

そこで金造に何か言われ、女人足はうなだれて聞いている。

やがて金造たちが立ち去って行ったので、右近は行動を起こし、仕事に戻る女人足へ近づいて行った。

「おい、待ってくれ」

ふり返った女は三十前で、顔や手足は泥で汚れていたが、器量は悪くなかった。沈み切ったその様子が、現在の女の不幸な状態を語っていた。それが右近に対し、怯《おび》えと警戒の入り混じったような目を向けている。

「驚かせたようだが、心配はいらんぞ。こう見えても、わたしはお上の手伝いをしている者なのだ」

「お上の……」

つぶやくように言い、女が混乱したような目をさまよわせた。

「有体《ありてい》に言えば、今戸の金造の悪行を暴《あば》いてやりたいのだよ」

意を決してそう言うと、女はようやく右近が敵ではないとわかったようで、

「あたしを助けて下さい」

と言った。

右近がうなずき、人目を避けて女を葦簾《よしず》の陰へ誘った。

それは人足たちの休息用に建てられた掘建て小屋である。

「わけを聞かせてくれ。今、金造に何を言われていたのだ」

「はい」

首肯すると、女は事情を語り始めた。

女の名はお民《たみ》といって、二年前まで上野の料亭の仲居をやっていたという。そこで知り合った客の男とねんごろになって末を誓い合ったのだが、その男は騙《かた》り屋（詐欺

師）で、貯め込んだお民の金が狙いであった。

男の正体を知った時は十両ほど騙し取られた後で、お民は逆上して男を包丁で刺してしまった。幸い男は深傷《ふかで》は負ったものの、一命は取りとめた。

そのことでお民は寄場送りとなり、二年間おつとめをして、今年の春に娑婆《しゃば》へ戻ってきたのだ。

しかし人を刺した女として世間から白い目で見られ、親兄弟や親類からも背を向けられた。

それで前歴を隠して橋場町の裏店《うらだな》にひとり住み、女人足をやって細々と暮らしているのだが、そのお民に金造がまとわりつき、稼いだ賃金のなかから月々幾らを上納しろと強要した。それが出来ないのなら、前歴をばらしてどこにも身の置けないようにしてやるぞと脅すのである。

それをされたら物乞いにでも身を堕とすしか道はなく、今まではおとなしく金造に金を払ってきた。

だが今日の話では、金造はお民に劣情を催したらしく、今宵新町にある金造の別宅へ訪ねてこいというのだ。

「あたしは化粧して男の前へ出る水商売がともかく嫌で、いいとこ仲居をやるのが精一杯でした。それで色を売るような稼業をするんなら人足の方がまだましだと思って、今の仕事をしてるんです。でも金造は、あたしにおいおい女郎まがいのことをするように遠廻しに言います。月々の上がりが増えるからなんです。あの男はそういう風にして、あたしだけじゃなく、島帰りや寄場帰りの弱みのある人間を痛ぶっては、裏金を稼いでるんです。旦那がもしあいつをやっつけてくれるというのなら、こんな幸せなことはありません。どうか、よろしくお願いします」

もう何も言うことはなかった。

右近は金造の別宅の所在を聞き出し、お民と分かれた。

十一

福助という縄のれんは、下谷七軒町《しちけんちょう》の外れにあった。店の裏手は三味線堀《さみせんぼり》である。

乙女が為五郎を伴って店へ入ると、まだ宵の口のせいか客はなく、ぽつねんと客待ちをしていた酌婦が立ってきた。

薄汚れた小さな店である。

「いらっしゃい」

お鯉は三十を出たばかりらしく、姉のお鯛とは大分歳が離れているようだった。三日月のような細長い顔で、唇の横に艶ほくろがあった。

乙女と為五郎は飯台に向き合って座り、お鯉に酒肴を頼んだ。店の奥に主《あるじ》らしき老《ろう》爺《や》が居て、お鯉の註文を受けると緩慢な動作で動き始めた。

「お鯉さん」

乙女に名を呼ばれ、お鯉は驚いたような顔を向けた。

そこで乙女はお鯛の時とおなじように御用聞きである身分を明かし、団五郎の窮状を見かねてやってきたことを告げた。余計なお世話だと思わないでくれ、とつけ加えた。

お鯉はお鯛のような嫌な顔をせず、お父っつぁんどうしていますかと乙女に聞いた。

ここでも乙女は団五郎が病気だとは言い出せず、なんとかやっていますよと言った。

「でもお鯉さん、団五郎さんは歳で大分弱ってましてね、皆さんが寄りつかないんで寂しがってるようなんです」

そう言われると、お鯉は後ろめたいような表情をして、

「お鯛姉さんの所にも行ったんですか」

「ええ。はっきり言ってお鯛さんは、団五郎さんを疎《うと》ましく思ってるようでしたね」

「そんなことありませんよ」

「えっ」

老爺が板場から声を掛けたので、お鯉はそれを取りに行き、酒肴を二人の前に並べて、

「あたしなんかより、姉さんはずっとお父っつぁんのことを思っているはずです。お父っつぁんは小さい頃から姉さんをとても可愛がってましたから」

乙女は意外な思いがして、

「でもお鯛さんは、お爺ちゃんがお孫さんに酒や博奕を教えようとするから、寄せつけないようにしていると」

「そんなこと理由になんかなりません。きっと姉さんは、旦那の平十さんに気がねしてるんですよ」

「団五郎さんと折り合いの悪いご亭主のことですね」

お鯉はうなずくと、

「平十さんも身勝手なんです。畳屋を始めるに当たってお父っつぁんから金を半分出して貰ってるのに、その後商売がうまくいくようになったら知らん顔なんです。そんなつもりはないのかも知れませんけど、あたしはあの人は嫌です。甘えてます」

乙女は為五郎と見交わし、

「お鯉さんは、今の団五郎さんをどう思ってるんですか」

「どうもこうも、親子ですから……でもあたしは出戻りなんで、世間が狭いんです。それでこんな稼業をしてるんですよ」

そこへ堅気《かたぎ》の職人風が静かに入ってきた。

男は三十半ばほどだが、ひとかどらしい様子で、格子縞《こうしじま》の着物に印半纏《しるしばんてん》を粋に着こなしている。

お鯉は男の方をちらっと見ると、註文も何も聞かずに奥へ行って茶を淹れ、それを男の飯台の前に黙って置いた。それっきりで愛想も何もなく、乙女たちの席に戻った。

しかし男は文句ひとつ言うわけでなく、おとなしく茶を飲み、時折り控え目にお鯉の方を見ている。

乙女は二人の様子を見て、すぐにぴんときた。男はたぶんお鯉の元亭主の指物師に違いない。こうしてやってくるということは、お鯉に未練があるのだ。酒で夫婦生活を失敗《しくじ》ったのだから、それでお茶だけなのも得心がいった。

お鯉も無視するようにしながらも、男のことを気にしている。

「余計なことかも知れませんが、団五郎さんに顔を見せに行って上げて下さい」

乙女はそう言って、為五郎と店を出た。

為五郎にまだ縁談の話をしてなくてよかったと思った。あの二人は恐らく、焼けぼっくいに火がついているのだ。それならそれでいいのだ。

「お鯉さんて人どう思った？　為さん」

「姉の方は知らねえがよ、なかなか渋皮の剝けたいい女じゃねえか。爺さんにひとつ頼んでみようかな」

「何を」

「つき合ってもいいかって」

乙女が少し慌てて、

「やめときなさいよ」

「なんで」

「なんでって、理由はないけど……」

「じゃ止めるなよ」

「為さん、お鯉さんに惚れたの？」

「まだわからねえよ。けど向こうもまんざらでもねえ様子だったぜ。ちらちらとおれの面見てたもんな」

「いくら乙女ちゃんだって、人の恋路は邪魔しちゃいけねえよ」

「呆れて見てたのよ」

「ともかく……ああ、困ったな」

そこで乙女はあることを思い立ち、福助の方を見返った。

武家奉公人の何人かが店へ入って行くところだった。

お鯉の元亭主はお茶だけだから、客で混めばやがて居ずらくなるはずだ。

「為さん、つき合ってくれて有難う。ちょっと用事思い出したから、今日はこれで」

「どうしちまったんだ、急に。夜道をひとりでけえるのか」

「心配いらないから先に帰って」

そうして為五郎を帰しておき、乙女は物陰に潜んで福助を見守った。

ややあって、件《くだん》の男がお鯉に送られて出てきた。

男が小声で何か言っているが、お鯉は下を向いたまま何も言わない。そのうち店の客に呼ばれ、お鯉の姿はなかへ消えた。

しょぼんと歩き出す男に、乙女がすかさず寄って行った。

「もし、お鯉さんの元のご亭主ですね」

確信を持って言ってみた。

男が驚きと共に、戸惑いの目を向けた。おずおずと「そうですけど」と言った。

乙女はこういう者ですと言って小十手を見せておき、団五郎と関わりを持った経緯をかい摘《つま》んで語り、疎遠になっている姉妹をなんとか呼び戻したいのだと率直に明かした。

詮議ではないことがわかると男は安心したようで、まず仙次《せんじ》という名を告げた。

「仙次さんはお鯉さんとの復縁を願ってるんですね」

「その通りです。もう金輪際《こんりんざい》酒はやめたから元に戻ろうと言ってるんですが、お鯉の方がなかなかうんと言ってくれません」

「それはどうして」

「お鯉は団五郎父っつぁんが、許してくれないと思ってるようなんです」

「その団五郎さんのことなんですが、実はですね……」

そこで乙女は腹を括《くく》り、団五郎の膈《かく》の病いのことを打ち明けた。

仙次は不治の病いと聞き、愕然《がくぜん》となった。

「あの父っつぁんが……」

「お鯉さんと別れるに際して、団五郎さんにはこっぴどくやられたみたいですね。そのこと、恨んでますか」

「とんでもない、悪いのはあっしの方なんですから。恨む気持ちなんて、これっぽっちもありませんよ」

　そう言って、うろうろとした目を上げ、

「けどそういうことなら、なんとかしねえと……お鯛さんやお鯉には伝えたんですかい」

「いいえ、それが気持ちは焦っても言い出し難くって。あなたに打ち明けたのが初めてなんです。わたしも辛いんですよ」

「赤の他人のおまえさんが、よくぞそこまで……礼を言いますよ」

「仙次さん、力になってくれますか」

「へえ……と言われても、今のあっしじゃなんの役にも……上の姉さんの前には面を出せた義理じゃありません」

「それはそうですね……」

　八方塞がりだと、乙女は思った。

十二

浅草新町の別宅はふだんは下っ引きらとの寄合いなどに使っているが、もうひとつ、いわくつきの女を呼びつけるのにも使っていた。

二間きりの借家だが、金造はここを只《ただ》で借りている。家主の倅がちょっと罪を犯したのを見逃してやり、それ以来好きなように使っているのだ。

今戸の方にれっきとした本宅があり、そこには女房子供も居た。だが新町の方が家人の目を気遣うことなく好き勝手が出来るので、近頃ではこっちに居ることが多い。酒の支度《したく》や小料理を作ったりするのはお手のもので、金造は躰も小柄だが性分もまめなのだ。

今宵は女人足のお民がくるから、日の暮れる前からわくわくして待っていた。

初めての女を抱く時の昂《たかぶ》りが好きで、十手の威光を笠に着て、なんでも出来るこの稼業は一生やめられないと思っている。

お民のくるのが少し遅いようなので、金造はしびれを切らせ、ようやく辺りが暗くなった六つ半（七時）頃から酒を飲み始めた。

隣家から風鈴の音が聞こえ、涼しい夜風も吹いてきて、結構な宵であった。浴衣《ゆかた》の前をはだけ、団扇《うちわ》を使いながらちびちびと酒を舐めていると、格子戸の開く音がした。

「遅かったじゃねえか。待ち焦がれたぜ」

「それはすまんな」

すかさず野太い男の声がして、金造はびっくりしてふり向いた。

袴田右近がのっそりと入ってきた。

「お武家さん、家を間違えてやしませんか」

金造が腰を浮かせて言った。

「いや、間違いではない。ここは弱い者いじめの岡っ引きの家であろう」

右近がどっかと金造の前に座り、威圧するように見据えた。

金造は青くなり、逃げ腰になって、

「いってえどなたですかい……お上御用のあたしに、まさか喧嘩を売ろうってんじゃねえんでしょうね」

「だとしたら、どうする」

「そいつぁやめといた方がいいや。後でとんでもねえ目に遭いやすぜ」

「どんな目に遭うというのだ」

「いや、そいつぁ……ともかくお若え旦那、落ち着いて下せえよ。あっしが何をしたってんです」

「だからさっきから言ってるだろう。おまえは弱い者いじめの悪党なのだ」

「何を言っているのやら。これでもあたしは世間じゃ仏の金造と――」

「仏の金造が聞いて呆れるな。どこが仏なのだ。おまえのやっていることは鬼の仕業《しわざ》だ。死骸に群がる獣とおなじだよ」

金造が険悪な形相になって、

「畜生、誰に頼まれやがった。お民から金でも貰ったのか」

「誰でもない。おまえに対する怨嗟《えんさ》の声が高まったのだ」

「誰かっ」

金造が金切り声を上げた。

だが次には、その喉の奥から「ぐえっ」という不自然な声が漏れた。

右近に帯をつかまれ、軽々と壁に叩きつけられたのだ。その体重は子供並であった。

落下したのが樫の木の床の間で、そこに顔面をもろに打ちつけ、どくどくと鼻血が噴き出した。

金造が恐慌をきたし、泣き叫ぶ。

「泣き喚《わめ》くのはまだ早いぞ。おまえへの折檻《せっかん》は夜通し続くのだ。今までおまえにひどいことをされた男や女の怨みだと思え。ひと晩では足りんかも知れんな」

「よせ、勘弁してくれ、どうせ金目当てなんだろう。くれてやるよ。浪人の身に余る金をくれてやるからよ」

右近が目に怒りを浮かべ、刀の鞘《さや》で金造の顔や躰をどすどすと突いた。

鼻柱が曲がり、歯が折れて口から血の泡を吹き、全身の痛みに金造が転げ廻った。

金造は這いつくばり、泣きの泪《なみだ》で、

「も、もうやらねえ、だから勘弁してくれ」

「勘弁は出来んな。言っておくがわたしは浪人ではないぞ。それに金欲しさにきたのでもない。この浅ましい男め、人を見ればそうとしか思えんのか」

右近が金造の胸ぐらを取って立たせ、存分に鉄拳をふるった。

「さあ、この続きは大番屋へ行ってやろうかな。伊佐山殿が待っているぞ」

「い、伊佐山様だと……やめてくれ、おれはあの旦那とはそりが合わねえんだ」

「それは好都合だ。よし、こい」

右近の拳が血まみれの金造の顔面に炸裂した。

猿の干物の顔は原型を留めなくなった。

十三

朝飯を済ませたところへ、控え目に油障子が叩かれた。

乙女が身繕いをして応対に出ると、そこに立っていたのは外科医の内田朴庵であった。

「まあ、朴庵先生……」

言いながら、乙女は悪い予感がした。

「ちと、構いませんか」

「はい」

乙女が招き入れると、朴庵は上がり框《かまち》に腰を下ろし、眉を寄せてはーっと重い溜息を吐いた。

「どうしました」

乙女が茶を出しながら、恐る恐る尋ねる。

「昨夜、団五郎さんがきたんです」

「えっ」

「ぐでんぐでんに酔っていて、わたしに躰の具合が悪いと言うのです」

「それで……」

乙女は固唾《かたず》を呑む思いだ。

「わたしは遂にきたかと思い、心を落ち着かせ、どこがどう悪いのかと聞いたんです」

「ええ」

「そうしたらいきなり、本当のことを言ってくれとわたしに迫ってきました」

「団五郎さんも何か感じてたんでしょうか」

「恐らく……人間は自分の躰のことには敏感ですから」

「なんと言ったんですか」

「口が裂けても、わたしは本当のことを言うつもりはありませんでした」

乙女が息を詰める。

「そこへ妻がきて、団五郎さんは身重の妻のその姿を見て、泣き出したのです」

「何か言いましたか」

「これから生まれてくるのか……そうしみじみ言って泣いたのです」

「……」

「その後、団五郎さんは本当のことを聞くまでは帰らないと、居座ったのです。わたしも妻も困ってしまって、それでとうとう根負けしてしまいました」

「ああっ……」

乙女が絶望的な嘆きの声を漏らした。

「膈の病いの説明をするや、団五郎さんは存外平然とそれを聞き、夫婦で息を詰めるようにしていると、わたしにきちんと礼を言って帰って行ったのです。それが団五郎さんらしくなくて、むしろ不気味な思いがしました」

一夜明けて団五郎のことが気になって仕方なく、それでこうして知らせにきたのだと朴庵は言った。

乙女が礼を言うと、朴庵はほっとしたように帰って行った。

手早く身支度をし、乙女は気を焦らせて家を出た。

団五郎の家の前へくるや、昼間なのになかから大騒ぎの声がした。さらに家に寄って耳を立てると、団五郎の笑い声と他の男たちの陽気な声が聞こえた。何やら手拍子で唄っている者もいる。

恐らく町内の暇人を呼び入れて、飲めや唄えをやっているのだ。

——馬鹿騒ぎでもやっていないことには、とてもやり切れないのね。

団五郎の気持ちが手に取るようにわかるから、踏み入って騒ぎをやめさせる気にはなれなかった。

乙女が佇《たたず》んでいると、突然なかから叫び声が上がった。次いで皿の割れる音がし、泡を食った客の男たちが先を争うようにしてとび出してきた。誰もが気色の悪い顔で逃げ散って行く。

乙女は血相変えて家のなかへとび込んだ。

何本もの徳利が転がったなかに、夥《おびただ》しい量の吐血をした団五郎が倒れ伏していた。

乙女が抱き起こすと、それでも団五郎は強気な目を向け、

「よっ、娘岡っ引き」

酒臭い息を吐きながら言った。

乙女は何も言わず、手拭いで団五郎の口元の汚れをごしごし拭ってやり、そっと身を横たえさせた。

それから大忙しでとっちらかった酒の膳などを片づけ、床を延べて団五郎を寝かせた。

それで乙女も団五郎も、ようやく落ち着いた気分になれた。

改めて団五郎を見ると、青白い顔は痩せこけ、ひと廻り小さくなったように感じられた。

「痛むの？」

乙女が抑制した声で聞いた。

団五郎が首をふる。

「朴庵先生から聞いたのね」

「おめえ、おれのこと知ってたのか」

乙女はこくっとうなずくと、

「うん、知ってたわ。でも言えるわけないでしょ」

「そりゃそうだ。すまなかったな」

「よしてよ、団五郎さんらしくない」

乙女はそこで意を決するようにして、

「団五郎さん、わたし、気休めは言わないことにする」

「おお、いかにもおめえらしいな。いいよ、おれも腹ぁ出来てるんだ」

「さすが団五郎さん、江戸っ子らしいわね」

「あた棒よ、江戸っ子は痩せ我慢が身上だ」

「そうよ、男はそれが大事なのよ」

「近頃は堪《こら》え性《しょう》のねえ奴らが多過ぎてよ、困るぜ」

粋がる声はかすれて弱々しかった。

「で、どうする、皆さんを呼ぶ？」

「皆さん？」

「お身内衆よ」

「よせやい」

「だって、会いたいでしょ」

「今さらよ、そういう取ってつけたようなことされても嬉しくねえよ。親子ってな、一緒に暮らしてる時が花だぜ。大きくなって飛び立っちまったら、それでもうおしめえだ。若えもんはいろいろとやることが多くて忙しいし、年寄りは暇んなる一方だ。寄りつかねえからって、おれぁちっとも苦にしてねえよ。世の中はそういうもんなんだ。そういう風に出来てるんだぜ」

「でも団五郎さん、そうは言っても……」

乙女が口を濁すと、団五郎はにやっと笑って、

「余命いくばくもねえから、会っておけってか。もう結構、娘たちの面なんか見たくねえよ」

そこで乙女へ慈愛に満ちた目を向けると、

「おめえさえ居てくれりゃいいんだ」

「わたしはずっと居ますよ」

「おめえ、いい娘っ子だなあ。おれがもっと若かったらなあ」

「若かったら、何よ」

「おめえを嫁に貰ってやるよ」

「冗談じゃないわ、博奕打ちなんて駄目よ」

「駄目か」

「当たり前じゃない、おとといお出《い》でだわ」

「まったく、気の強え娘だぜ」

そう言うと、乙女を睨むようにし、

「いいか、余計なことするんじゃねえぞ」

「余計なことって？」

「娘たちを呼んだりするなってんだ」

「……うん、わかった」

十四

昼下りになって団五郎が寝入ったので、乙女は家を抜け出して日本橋へ向かった。

為五郎は捕物のない時は日本橋か両国橋のどちらかで、雪駄直しの露店を出している。

今日は日本橋だと聞いていたから、行ってみると、その通りに為五郎の姿があった。

幸い客の姿はなく、為五郎はぼんやり人通りを眺めていた。

「為さん、お願いがあるの」

「よっ、なんでえ」

乙女は為五郎の前にしゃがむと、団五郎の病状を話し、明日をも知れないから娘たちを呼び集めたいのだと言った。

それでお鯛の嫁ぎ先の備後屋を教え、後は三味線堀のお鯉も呼んでくれと頼んだ。

お鯉の住居は知らないが、昨日の福助の亭主に聞いてくれと言った。

「やっぱり縁があるんだなあ」

為五郎が嬉しそうに言う。

「なんのこと」

「お鯉さんにまた会って、おや昨日のお兄さん、とかなんとか艶っぽい声で言われてよ、改めておれの様子のいいのを見直して、奴《やっこ》さんはぐっとしびれるのよ。お兄さんお独りかしらってお鯉が遠慮がちに聞くから、引く手あまただがおれぁ堅え男なんだ、女はいらねえよと言うだろう。それでもう、お鯉ちゃんはこのおれにぞっこんよ」

「言ってれば、そうやって。それじゃお願いしたわよ」

為五郎と別れ、再び小網町へ向かった。

途中で活きのいい魚や玉子や青物を買い、団五郎の家へ帰ってきた。

団五郎はさっきのまま、死んだように寝ていた。

その寝顔をそっと見て気遣いながら、乙女は台所へ行って飯の支度に取りかかった。

団五郎に滋養のつくものを食べさせて上げたかった。

日が西に傾く頃、外から「乙女ちゃん」と呼ぶ為五郎の声がした。

乙女が寝ている団五郎を起こさぬようにしながら、そっと表へ出た。

為五郎がひとりで立っている。

「みんなは？」

「それがよ、変なんだ」

「どうしたの」

「誰も居ねえんだよ」

「なんで」

「備後屋は戸締まりされてて、誰の姿もねえ。福助の亭主にお鯉の長屋を聞いて、そこへ行ってもやっぱり留守なんだ」

「どういうことなのかしら……」

「わからねえよ。みんなで示し合わせて、物見遊山《ものみゆさん》にでも出掛けたのかな」

「そんなはずは……でも解《げ》せないわねえ」

乙女が思案投げ首になった。

団五郎が起きたらしく物音がしたので、乙女と為五郎は家のなかへ入った。

「おう、為、きてたのか」

「へい、父っつぁん、お変わりもなく」

為五郎が枕頭《ちんとう》で膝頭を揃えて挨拶する。

「馬鹿野郎、変わりがねえわけねえじゃねえか。この通り見る影もねえよ」

「本当ですね」

団五郎が怒りかけ、だがすぐに破顔して、

「ははは、おれぁこいつのこういうとこが気に入ったんだ」

団五郎が病人とは思えない快活さで言う。

「うへへ、父っつぁん、おれも型破りの病人てのが好きなんだ」

「おめえ、お鯉に会ったか」

「会いました」

為五郎が急に神妙になる。

「どうだ」

「へっ？」

「いい女だろう」

「じ、実はそのことで、あの、その……」

「さあさあ、三人でご飯食べましょう」

乙女が割り込むようにして、ばたばたと飯の支度を始めた。

為五郎は言葉を遮られたので、乙女のことを睨んでいる。

そうして三人が晩飯を食べていると、表に静かなざわめきが起こった。

「何かしら……」

乙女が立って行って表へ出ると、そこに六人の男女が並んで立っていた。お鯛、平十、お鯉、仙次、そしてお鯛夫婦の娘と伜だ。

「んまあ……」

乙女が絶句して全員を眺めやった。

「お父っつぁんに会いにきました」

お鯛が代表するようにして言った。

すると平十が石臼のような頭を低くして、

「乙女さんですね、お初にお目にかかります。こたびはいろいろとお世話をかけまして、なんとお礼を申してよいやら……」

朴訥《ぼくとつ》にもごもごと言い続けるのを、お鯉が押しのけるようにして、

「朝からみんなで集まって、お父っつぁんのことを相談してたんです」

それで全員が家に居なかったわけがわかり、乙女は合点した。

皆の声を聞きつけた団五郎が、ふらりと奥から姿を見せた。懐に片手を突っ込んでいる。

「けえれ」

語気強く言った。

全員が一斉に身を引いた。

「てめえら、今頃のこのこと何しにきやがった。こっから先は一歩もへえっちゃならねえぞ。へえった奴はこれだ」

懐に呑んだ匕首を抜き、上がり框に突き立てた。

全員が怖れおののき、そして鼻白んだ。

乙女は呆れ顔だ。

「話はここで聞いてやる。ひとりずつ文句を並べるがいいぜ」

団五郎が家族を睥睨《へいげい》しながら言った。

乙女は黙り込み、なりゆきを見守ることにした。

お鯛はお鯉とおずおずと見交わしていたが、

「お父っつぁん、文句だなんてそんな……ご無沙汰して悪かったわね」

お鯛が言うと、お鯉も膝を進め、

「お父っつぁん……」

何か言う前に泪がこみ上げ、わらわらと泣き出した。

団五郎は腕組みし、口をへの字にひん曲げて威張りくさっている。

「あの、お父っつぁん」

お鯉が言い出すのへ、団五郎がぎろりと目を向けた。

「あたしたち、もう一度やり直したいの」

「なんだと」

団五郎が仙次を睨んだ。

仙次がぱっと叩頭《こうとう》して、

「父っつぁん、酒はもうやめました。今度親方の所から離れて、一本立ちすることになったんです。それを汐《しお》にお鯉と縒りを戻したくて、こうして」

「ならねえ」

為五郎がひそかに手を打つ。

「酒癖の悪いのは死ぬまで治らねえんだ」

はねのける団五郎に、お鯛が反発して、

「お父っつぁん、仙次さんは変わったのよ。あたしも長いこと会わなかったけど、お父っつぁんのことで久しぶりに顔を合わして、立派になったと思った。もう昔と違うのよ。言うことを聞いて上げて」

「ふん、しゃらくせえ。平十、おめえはどう思うんだ」

急に団五郎に話を向けられ、平十は気弱な目を泳がせて、

「へえ、まあ、仙次さんも出世したことですし、酒さえ飲まなきゃいいと思うんですが」

「かーっ、相変わらずおめえの言い草はつまらねえな、野暮ってえな。もっと気の利いたこと言えねえのか」

横に居る乙女に目を向けると、

「やい、おめえはどうだ」

意見を聞いてきた。

「団五郎さん、いい気になっちゃいけませんよ」

「なんだと」

「一体何様のつもりなんですか」

「こ、この野郎……」

「酒癖が悪いっていったら、このなかじゃ団五郎さんが一番でしょう。偉そうに人のこと言えるんですか。おまけに博奕ばかり打ってるこのろくでなしが」

団五郎の顔が怒りで赤くなる。

「いいですか、ここに居る皆さんはすっ堅気ですけど、団五郎さんは違いますよね。

そこが嫌で皆さん寄りつかなくなったんです。それが重い病いだというから、こうして集まってくれたんじゃありませんか。そのことにまずどうして感謝しないんですか。どうして座敷へ上げないんですか」

「おれはこいつらとは縁を切ったんだ。これが江戸っ子の意地ってえもんよ」

「そんなの、通用しませんよ」

乙女は団五郎をはったと睨むと、

「いいですか、団五郎さん本当のやくざなら畳に額をすりつけて、みんなよくきてくれたねと、泪のひとつもこぼして礼を言います。団五郎さんは只威張りくさってるだけの半端者なんですよ。そういうのをくずの罰当たりというんです。みっともない。わがままを言って許されるのは、もっと可愛いお爺いちゃんです。今日の団五郎さんは可愛くもなんともありませんね。仙次さんが真面目になってお鯉さんと復縁したいというのの、どこがいけないんですか」

乙女の声が少し震えてきた。

「最初に団五郎さんを見た時、こんな歳で博奕なんかでしょっ引かれて気の毒だと思ったんです。それでわたしは向こうみずにも後見人になりました。話してみたら枯れた江戸っ子で、こういう年寄りもいいなあと、正直そう思いましたよ。わたし、本当に親身な気持ちになったんですよ、団五郎さん」

団五郎が不意にかくっとうなだれた。

「それが、折角身内が集まったっていうのに……わたし、団五郎さんにはがっかりしました。これでもう縁切りです」

そして一同を見廻し、

「皆さん、今日はお帰りんなった方がいいですよ」

乙女に言われ、一同は途方に暮れたような視線を交わし合っていたが、やがてすごすごと帰って行った。

乙女が為五郎にそっと目顔でうながし、為五郎もうなずいて出て行った。

乙女と団五郎だけになった。

「団五郎さん、どうしてこんなつまらない意地を……」

乙女が溜息混じりに言った。

「おれもよ、途中でしまったと思ったんだ……けど引っ込みがつかなくなっちまった……折角助け船を出してくれたのに、すまなかったな」

乙女には素直な気持ちを言う団五郎なのである。

「団五郎さん……」

乙女が哀愁を滲《にじ》ませ、微苦笑した。

十五

夏が終わる頃、団五郎は息を引き取った。

お迎えのくるその日まで、乙女は一日も欠かさず団五郎の許《もと》へ通った。捕物で忙しい時でも、夜半に駆けつけて顔を見せた。そうすると、為五郎がよく団五郎と花札をやっていた。

お鯛やお鯉や、身内も入れ代り立ち代り看病につとめた。

その時にはもう団五郎は身内の出入りを許していて、何事にも突っ張らなくなった。

お鯉と仙次は復縁し、祝いの席を設けたが、その日だけ為五郎は姿を現さなかった。

乙女が一度あの晩のことを口にし、ちょっと言い過ぎてご免ねと団五郎に詫びた。

団五郎は大分衰弱し、気力も萎えておとなしくなっていたが、その時だけ鼻でせせら笑って、

「おめえの啖呵《たんか》は一流だなあ。おれぁ参ったぜ。足腰立たねえほど打ちのめされたみてえだったよ」

豪気な面構えを束の間だけよみがえらせ、そう言った。

やがて意識が混濁し、いよいよという時に乙女を始め、身内の全員が集まった。

団五郎は一同を見廻し、それでも最後の突っ張りを見せ、無愛想なままあの世へ旅立った。


とむらいの晩、乙女は身内を前にして厳粛な面持ちになり、今から団五郎さんの遺書を読みますと言った。

そして一同が張り詰めた顔で見守るなか、乙女が団五郎から託されていた一通の書きつけを開いた。

「みんな、元気で」

そう言った。

遺書はそれだけであった。だがそれで十分だった。

一同がしんと静まり返った。

お鯛もお鯉も、それぞれの思いで団五郎の言葉を受け止めていた。

「くしゅ」

誰かの嗚咽の声が聞こえた。

乙女だった。

やがて乙女が壮烈に泣き始めた。泣き出すと止まらなくて手に負えなくなった。

夕涼みの大川端は時折り秋風が吹き、人影も少なくなって、乙女はひとりで川面《かわも》を眺めてしゃがんでいた。

死んで日が浅いのに、団五郎がなつかしかった。また会いたくてしょうがなかった。

「団五郎のお爺ちゃん、さようなら……」

少し湿った声でつぶやいた。

川蟬《かわせみ》がひと声鳴いて飛んで行った。

第二話　禍福《かふく》の縄

一

朝の六つ半（七時）に迎えに行くと、乙女の足音を聞きつけてか、弥市《やいち》が待ちきれぬ様子で家のなかからとび出してきた。

「遅かったじゃねえか」

「これでも急いできたのよ」

乙女が息を弾ませながら言う。

弥市はすでに腰に弁当を巻きつけ、筆墨《ひつぼく》や習字帖やらを押し込んだ子供用の巾着《きんちゃく》を大事そうに抱え持っている。その様子から、全身で張り切っているのがわかる。

病身の母親のお常《つね》が玄関先へ顔を出し、乙女に申し訳なさそうに頭を下げ、よろしくお願いしますと言った。

乙女がいえいえと手をふり、弥市を引き受けた。

今日は弥市が初めて寺子屋に入門する日なので、乙女は病身のお常に代り、近隣のよしみでつき添いを頼まれたのだ。岡っ引きは暇な時は、町内の衆の為ならなんでもするのである。

父親の勘六《かんろく》は大工の棟梁《とうりょう》で、大普請《おおぶしん》を抱えており、今日も朝の明けぬうちからもう家を出たのだとお常が言う。

そのお常から束脩《そくしゅう》(入門料)の一分金を託され、乙女がさあ行こうとうながすと、弥市はちょっと待てと言い、家へ駆け戻って小さな文机《ふづくえ》を担いできた。それは大工の父親がこの日の為にこさえたもので、さすがにしっかりとした出来栄えである。寺子屋はどこも文机持参という決まりなのだ。

そうして乙女と弥市は元大工町から呉服町を抜け、一石橋《いちこくばし》へ向かった。

弥市は巾着を首に掛け、弁当は腰で、文机を片手に抱えている。出っ尻で鳩胸だから、その恰好《かっこう》がおかしい。

どれかひとつ持とうかと乙女が言うと、でえ丈夫だと頑張る。この頃の子は人を頼らずに、なんでも自分でやるように躾《しつ》けられているのだ。

寺子屋へ入門するのは子供が数えで七、八歳になる二月の初午《はつうま》の日と決まっているが、弥市は喘息《あへき》の発作が烈《はげ》しく、冬の間は外に出られずに半年延びたのである。

見たところは元気そうだが、まだ顔色が少し青いので、

「具合はもういいの？」

乙女が聞くと、弥市はへっちゃらだいと強がりを言って、片手で胸を叩いてみせた。

だがその拍子にごほんとむせたので、乙女が思わず笑ってしまった。

病気のせいでほかの子に後《おく》れを取ったことで、子供ながら弥市の気持ちには焦りがあるようだ。

寺子屋というものは、誰でもが知っていることだが、庶民の子弟の為の初等教育機関のことである。今の小中学校だ。

幕府の昌平黌《しょうへいこう》や諸藩の藩校は公立だが、寺子屋は私立校である。

その起こりは鎌倉時代といわれ、僧侶が子供を集めて読み書き算盤《そろばん》を教えたのが始まりだ。それゆえ生徒のことを寺子、そして入門することを寺入りといった。

そうして室町時代から桃山時代にかけ、戦乱のなかにも寺子屋は発達する。やがて江戸時代に入ると世が泰平となり、俄然それが盛んとなった。

五代将軍綱吉《つなよし》が官学を興し、次いで八代吉宗《よしむね》が庶民に世の掟《おきて》を知らしめる為、寺子屋を保護奨励した。

以来、都市、農村に寺子屋が普及し、日本全国、一町一村に寺子屋のない所はない

までになった。

寺子屋へ子供を通わせることは、江戸の町人にとって自発的な義務となったのだ。

親は町人生活の必要性から、子供を寺子屋へ通わせたのである。

その為、幕府、庶民の知的好奇心、あるいは自覚によって寺子屋は急増し、天保のこの頃、江戸の町々だけでも百五十以上はあったという。

大きい寺子屋で二、三百人、小さい所でも五十人余の生徒数があったようだ。子供の数は年々増え続け、今の少子化時代とは比較にならないのだ。

校舎というものは特になく、寺社や経営者の私邸、商人の寮（別宅）などの広い座敷を教場に使った。それらをすべて、寺子屋と称した。

また武家の通う公立校では男女別々に教えたが、寺子屋では席を同じうさせた。そこで読み書き算盤、算術、行儀作法を教えるのである。

ふつうは初等を終えればそれで卒業だが、余裕のある家庭では、希望すれば高等にも進むことが出来た。

高等に進むと、男子なら名頭《ながしら》（姓氏の頭文字）、苗字尽くし、江戸方角（町名書き）、請取文、送り文、手紙文、商売往来、消息往来、証文《しょうもん》、店請状《たなうけじょう》、庭訓往来《ていきんおうらい》を学ぶ。

そして女子は口上文、文の書き方、名頭、女江戸方角、国尽くし、女消息往来、女商売往来と、すべて仮名混じりの女専用書を用いた。

また生徒の家業により、大工なら商売往来の代りに番匠《ばんじょう》往来を、百姓なら百姓往来を、商家には八算見一《はっさんけんいち》、相場割などの実技を教えた。

さらに女子の高等になると、百人一首、女今川、女大学、女庭訓往来、さらには源氏物語までも教えた。

弥市が寺入りする寺子屋は日本橋北の駿河町にあり、久志本式部《くしもとしきぶ》という本道《ほんどう》の医師が開塾した洋々塾《ようようじゆく》である。

医家の広い邸内の一角に学舎を設け、そこに界隈の子弟百人余が通っている。

洋々塾に着くと、すでに元気な子供たちの声頻《しき》りで、泣き笑いがどよめくように聞こえてきた。

乙女が伴うまでもなく、弥市は何人かの顔見知りを見つけるや、文机など放ったらかして教場へとび込んで行った。

板敷の広い教場は戦場と化し、芥子坊主《けしぼうず》が暴れまくっている。習字帖を躰に巻きつけ、それを鎧《よろい》の代りにして暴れている子や、物差しで切り合いをしている子も居る。

女子はさすがにおとなしく、綾取りやお手玉などをしているが、なかには男子と混ざって取っ組み合いをやっている子も居る。それはまるで乙女の幼少期を彷彿《ほうふつ》とさせた。

乙女はむろん止める気はなく、心楽しくその有様を見て廊下へ出た。

そこには勉学の心得や金言が貼り出してあり、男子用には師と父母の教えをよく守れとか、礼節を重んじろなどと、お定まりの儒教の五常《ごじょう》が書いてあるが、女子向けはやや趣を異にしたことが記されてある。

それによると――。

顔のよしあし、着物のよしあし、家の暮らし向き、告げ口、ひそひそ話、高笑い、友だちの噂、男の噂、無駄口、わがままなふるまい、盗み食い等々、決してなすべからず、とある。

背いた者は罰として、七つ（四時）まで居残り、と書いてある。

こんな小さいうちからと思ったが、女子向けに書かれてあることはすべて女の性《さが》のようなものだから、言い得て妙なのである。

それを読んで乙女がくすくすとひとり笑っていると、雑用係の下男が呼びにきた。

それで下男にしたがって行くと、一室で男女の師匠《ししょう》が待っていた。

男師匠は浅田左次馬《あさださじま》、女師匠は井原月乃《いはらつきの》と名乗った。

浅田は二十半ばほどの、瘦身《そうしん》で色白の浪人で、鼻筋が通り、目が女のようにやさしく、まるで役者にしたいような男ぶりだ。

月乃の方も浪々《ろうろう》の身らしく、歳は浅田とおなじようで、目鼻が整い、白い襟足がすっと伸びたなかなかの美形である。

乙女は月乃をひと目見て、志操《しそう》を高く持った人ではないかと思った。

二人は共に、いかにも寺子屋の師匠らしく羽織袴《はかま》姿だ。

そこで乙女は代理であることをまず告げ、弥市の母親から預かった束脩を納めた。

言う必要はなかったので、岡っ引きである身分は打ち明けなかった。

寺子屋の経営は今の塾などと違い、入門料の一分以外、月謝は取らないことになっている。

とはいっても、寺子に裕福な家庭があれば心づけを上げてもいいし、貧しい子弟ならあえて要求はしない。それは学は金で売るものではない、という敬学思想を基にしているからである。ゆえに依怙贔屓《えこひいき》は一切しないことになっている。

その代り盆暮れのお礼はおおっぴらに受け取るのが習慣になっているから、応分のつけ届けがあり、それ以外でも旬の魚や青物、珍しい到来物など、親たちは子が可愛いから師に貢《みつ》ぐのだ。

　またこの頃の傾向として、厳しい躾けをしてくれるのがよい師とされていたから、子が師に殴られて瘤《こぶ》のひとつもこさえて帰ってくると、親は喜ぶのである。師が怒るということは、子がそれだけの悪さをしたのだと解釈するのだ。

　浅田が入門に際して、洋々塾の一年間の行事や休みの日などを説明し、乙女はそれを細大漏らさず帳面に書き取った。

　そうして入門手続きをしていると、なんだか弥市の母親になったような気分になった。

「子《し》の曰《のたま》わく、学びて時にこれを習う。亦《ま》た説《よろこ》ばしからずや。朋《とも》あり、遠方より来たる。亦た楽しからずや……」

　教場で論語の学而《がくじ》第一を教える月乃の声を背に聞きながら、乙女は洋々塾を後にした。

二

　その日は居残りの寺子もなく、月乃は七つ（午後四時）には北鞘町《きたさやちょう》の長屋へ帰ってきた。

残暑に加え、西日の照りつけが厳しい。

この佐助店《さすけだな》に、月乃は兄の井原文兵衛《ぶんべえ》と隣り合わせに暮らしている。

兄の家の油障子を開けると、文兵衛は油紙を敷き詰めた上にあぐらをかき、せっせと竹細工作りをしていた。

お定まりの浪人の手内職である。

ひと口に浪人の手内職といっても、その職種は多岐に渡っている。

代表的な傘張りに始まって、団扇《うちわ》作り、朝顔や躑躅《つつじ》などの草花の栽培、金魚の養殖、鈴虫や蟋蟀《こおろぎ》や甲虫《かぶとむし》などの昆虫の飼育、小鳥の飼育、植木作り、楊枝《ようじ》作り、大小の下げ緒、髷《まげ》の元結用の紙縒《こより》作り、毛筆の手元括り、蠟燭《ろうそく》の芯巻き、下緒《さげお》打ち、唐紙細工、そして竹細工作りと、枚挙にいとまがない。

二十七になる文兵衛は手先が器用で、それでこの手内職を選んだのだが、今では本職はだしだと世間の評判がいい。竹製品を扱う店からの引きも多いのだ。

浪々暮らしで苦労しているはずなのにそれが顔に表れず、垂れ目のせいで暢気《のんき》な人柄に見え、それで人に親しまれて随分と得をしている。

「兄上、只今戻りました」

月乃が戸口で言うと、文兵衛が意味もなくにっこりと笑った。

そのまま家へ入り、二人分の茶を淹《い》れる。

「御精が出ますね」

月乃が茶を出し、竹屑《たけくず》を払って向き合って座った。

そこいらに竹挽き鋸《のこ》、竹割り鉈《なた》、切り出し小刀、鼠歯錐《ねずみばぎり》、四つ目錐、三つ目錐などの工具が散乱し、作りかけや出来上がった餌籠《えかご》、鳥籠、虫籠、魚籠《びく》などの製品が所狭しと並んでいる。

「今日はどうであった」

いつものことながら文兵衛が聞くので、今日の洋々塾での子供たちの有様などを、月乃は面白おかしく語って聞かせた。

「兄上の方はいかがですか」

「うむ、昨日に続く今日でな、さしたることは何もないよ」

文兵衛の方は一日家に閉じ籠もっての作業だから、長屋の住人以外はほとんど人と接することがなく、とりわけ話題はないのだ。

「またつけ届けがきたので、おまえの家の方に入れておいたぞ」

月乃が土間へ下りたところで、文兵衛が言った。

「まあ、それは」

月乃が喜色《きしょく》を浮かべる。

寺子の裕福な家や職人などから、毎日のように旬の食材が届く為、それがどれだけ家計を潤しているか、月乃としては感謝の極みなのである。

兄の家を出て、隣家へ入った。

土間に笊《ざる》や籠に入った魚や青物が積まれてあるので、身を屈めてそのひとつひとつを手に取った。

日本橋には魚河岸《うおがし》があるから、寺子の親に魚屋が多く、いつも鮮度の高い魚が食べられる。今日は鱸《すずき》と剝き身蜆《みしじみ》だ。青物は茄子《なす》、胡瓜《きゅうり》、慈姑《くわい》、長芋で、さらにそのほかに玉子や羊羹《ようかん》まであった。

それらの食材で兄との二人分の献立をあれこれ考えていると、ふっと足元に一通の文《ふみ》が落ちているのに気づいた。

戸に挟まれていたものが、気づかずに開けた時に落ちたのに違いない。

誰からかしらと月乃は文を開封し、文面を読んで奇異な表情になった。

「人知れぬ　恋にわが身は沈めども　見る目に浮くは　泪なりけり」

達筆な筆跡でそう記してある。それは見たこともない男文字だった。

月乃は才藻《さいそう》豊かだし、博識だから、その和歌の作者はすぐにわかった。

新古今和歌集に納められた恋歌綴りのひとつで、花園《はなぞの》左大臣の作になるものだ。誰かのいたずらなのか。

「それにしても、一体誰が……」

そうつぶやき、思わず家の外を窺った。

長屋の路地の井戸端では、数人のかみさんが米を研いでいた。

そこへ出て行き、不在の間に誰か訪ねてきたかと聞いてみた。

かみさんたちは一様に首をふる。

するとそこへ十千棒《とうせんぼう》と露月斎《ろげつさい》が暇そうに家から出てきた。

十千棒は飴《あめ》売り、露月斎は八卦見《はっけみ》（易者）を生業《なりわい》としている。どちらも三十過ぎの中年で、月乃にとっては無害な存在である。

何事かと暇人の二人が聞くから、かみさんたちに言ったのとおなじことを聞いた。

「はあて、おれは誰も見てねえけど、どなたか訪ねてくる予定でもあるのかい」

小柄でのっぺり顔の十千棒が勘ぐる目で聞いた。

この男はお駒《こま》飴売りといって、髷を麦の穂のように細長く結い立て、その突《と》っ先に蜻蛉《とんぼ》の玩具《おもちゃ》を止まらせ、奇妙奇天烈《きてれつ》な科白《せりふ》廻しで子供たちの気を引き、飴を売り歩くのだ。それは大抵朝から昼にかけてで終わりとなり、昼過ぎはこうしてぶらぶらしている。飴売りでない時は、ふつうの町人髷に直している。そして夜になると長屋から居なくなるから、賭場か悪所通いではないかと噂されているのだが、本人は本当のところを言わない。

月乃が訪ねてくる人など居ないと言うと、

「いや、月乃先生ぐらいおきれいなら、そういう人の一人や二人居ても……」

十千棒がなあと言って、露月斎に話を向けた。

「うむ、いかにも。その様子では月乃先生、心待ちにしている殿御でもいそうじゃな」

露月斎が月乃を斜めに見て、鯰《なまず》のような髭《ひげ》を撫でながら言った。

露月斎の仕事は十千棒とは逆で、夕方から西両国の繁華な場所に出て八卦見をする。これも帰りがいつも遅いから、住人からは怪しまれている。

月乃がちょっと狼狽《ろうばい》しているので、かみさんたちまでが鵜《う》の目鷹の目になった。

月乃は笑ってごまかし、それならよいのですと言って家へ戻った。

そして土間に突っ立ったまま、解《げ》せぬ思いで何度も恋歌を読み返した。

どこかの誰かが、月乃への秘めた恋心を歌に託したとしか思えなかった。くり返し読むうち、胸がときめき、頬まで赤く染まってきた。

二十五になる今日まで、月乃は恋というものをしたことがなかった。

たとえいたずらだとしても、これは教養のある人のたわむれだと思った。魚や青物を届けてくれる職人風情《ふぜい》ではないことは確かだ。

晩になって兄の家で共に飯を食べている時でも、恋歌のことが頭を離れなかった。

飯を終えると、文兵衛は酒を飲みに出掛けて行った。

三

文兵衛の行きつけは、北鞘町河岸にあるおたふくという屋号の居酒屋である。

ここの河岸地は四百十五坪もあり、そこに飲食の小店《こだな》が三十軒近く軒を連ね、さらに薄暮《はくぼ》ともなるとどこからともなく屋台の店も集まってきて、結構な賑わいとなる。

飲み客、酔客の往来が引きも切らず、その客を当て込んで近頃ではいかがわしい女たちも姿を見せるようになった。

だがおたふくは堅い一方で色気のない店だから、そういう類《たぐい》の女は出入りをしない。

それは亭主が雷様に似た怕《こわ》い面相で、いつも無愛想で怒ったような顔をしており、またそれが魔除《まよ》けにもなっているのか、ふりの客はまず入ってこない。

文兵衛の席も定まっていて、いつもの奥まった床几《しょうぎ》に掛けると、亭主が何も言わずに酒肴を飯台に置いた。

文兵衛もまた無言で、ちびちびと酒を嘗《な》め始めた。

五坪ほどの小さい店に、その晩は三、四人の顔見知りの職人が集まっていた。だがひとりだけ、文兵衛の背中合わせに座った若侍だけは見知らぬ男であった。

文兵衛は一日の終わりにかならずここへやってきて、疲れを癒すことにしていた。

竹細工で疵《きず》やささくれの絶えない両の手を広げ、それにじっと見入っていると、背後の若侍が話しかけてきた。

「率爾《そつじ》ながら……」

「はっ？」

「縁起でもない真似はおやめなされ」

文兵衛が驚いたように男を見た。

男は少し年下のようで、髷を根結い垂れ髪にし、色鮮やかな紫の小袖を着て大刀を一本差しにしている。

浪人か、御家人か、あるいは旗本なのか、得体の知れぬその風情に、文兵衛は面食らった。

男は袴田右近である。

「そ、その……縁起でもないとは、どういう意味ですかな」

文兵衛がおずおずと尋ねた。

一日誰とも口を利かずにいて、こうして世間へ出るや、他人に向かってわけもなく臆してしまうのだ。

「死期の近づいた人は、なぜかおのれの両の手をまじまじと見ると言われています」

右近が言った。

赤の他人に向かって面白いことを言う男だと思い、文兵衛は改めて右近を見て、「なるほど」と差し障りのない返答をした。

それから四半刻後には、二人は飯台に向き合って歓談していた。

「この店でお見かけするのは初めてですな」

文兵衛が言うと、右近は首肯《しゅこう》して、

「知り合いに雪駄直しの職人が居ましてな、その男に連れてこられたのです。今日でまだ二度目ですよ」

「気に入ったのですか」

「こういう飾り気のない店がいい」

そう言って右近は文兵衛に酌をすると、旗本家の部屋住みの身分を明かした。

「お旗本ですか、それはお羨《うらや》ましい」

羨ましがられるようなことは何もありませんよ、と右近は言うと、

「しかし妹御が寺子屋の師匠とは。あれはなかなか気骨の折れる仕事ではありませんか」

文兵衛から聞いたばかりの話をした。

「子供相手が好きなのでしょう。妹の口から愚痴を聞いたことがありません」

「それで貴殿は一日閉じ籠もって、竹細工ですか」

「そういうことが好きな性分なので、わたしの方も妹とおなじで苦にはなりませんな」

「江戸は長いのですか」

「足掛け三年になりますよ」

「住み具合は」

「江戸にきたての頃は西も東もわからずにまごつきましたが、馴れればこんな住みよい所はない。活気があって、人々が生き生きとしている。まごまごしていると背中を押されるような、そんな慌ただしさがわたしは好きなんです」

「それは何よりですね」

文兵衛がどこの出身なのか、いかなる事情があって浪々の身となったのか、それを初対面で聞くわけにもいかないから、右近は差し控えた。

しかし他国者の身でありながら、こうして江戸に根を張り、生活の基盤を築いているということは、生きることに前向きな人物と思われた。

それから看板まで二人は飲み、共に店を出た。

「いや、今日は楽しかった。またお会いしましょう」

文兵衛が好意の目で言い、右近も同意で、

「希《のぞ》むところです」

それで右と左に別れた。

少し行って、右近がはたと立ち止まった。

ずっと貴殿と呼んでいたので、今の男の名を聞きそびれていたのだ。次に会った時に貴殿、では都合が悪かろう。

引き返し、男の後を追った。

足が速いのか、どこにも姿がない。

――そんなはずは……。

辺りを探し廻った。

一石橋の見える所で、黒い影が不穏な様子でうごめいていた。

只事ではないと思い、右近がそっと近づいた。

三対一の男同士が殺気をみなぎらせて対峙《たいじ》していた。

三人は浪人で、もうひとりも浪人だったが、それは文兵衛であった。

柳の木の陰に寄り、右近はそこから見守った。刀の鯉口《こいぐち》を切り、いつでもとび出せるように身構えた。右近の目からは、三人は文兵衛を狙っての刺客と思えた。

「とおっ」

低い気合いを発し、刺客のひとりが矢継早に斬りつけた。

それを文兵衛は抜刀せず、右に左に身軽に躱《かわ》す。暢気者の顔つきのせいか、それはまるで危機感などないようで、一見たわむれているようにも見える。

さらに二人の刺客が烈しく斬り込み、躱しきれなくなった文兵衛がしだいに追い詰められた。

逃げ道を探すが、背後は日本橋川が轟々と流れており、進退窮まった。

三つの剣尖《けんせん》がじりじりと迫る。

そこを見計らい、右近がとび出した。

不意のことで刺客たちがわらわらとなる。

「お主《ぬし》……」

文兵衛が右近を見てつぶやき、困惑の表情になった。

「頼む、斬らんでやってくれ」

「なぜですか。貴殿は命を狙われてるんですよ」

右近が刺客たちから目を放さずに言う。

「そ、それは承知している。いや、しかし殺生《せっしょう》はいかん。斬る方も斬られる方も、よいことはひとつもない」

「それをこいつらに言ってやるんですね」

三人が殺意を剝き出しにし、右近に突進してきた。

抜く手も見せずに抜刀し、右近が縦横に応戦する。

刃を交えながら、刺客のひとりに見覚えのあるような気がした。

朱鞘《しゅざや》に片目の眼帯――どこかで見かけたのだ。だがとっさには思い出せない。

右近が群がる白刃を勇猛に跳ね返すうち、三人は一斉に闇に消え去った。

右近はあえて追わず、刀身を納めると文兵衛の方へ向き直り、

「これは身に覚えのあることですか」

「いや、まったくない。恐らく辻強盗か何かの不逞《ふてい》浪士どもであろう」

文兵衛の視線がさまようのを見て取り、右近は疑惑を抱いた。

「お助け頂き、忝《かたじけ》ない」

文兵衛が深々と一礼した。

「いや、お気になされるな」

その晩は名乗り合いに留め、それ以上は聞かずに再び別れた。

四

「嫌だ、それって……」

乙女が驚いた顔になり、右近に詰め寄るようにして、

「右近様、寺子屋のお師匠さんをしてる妹さんて、井原月乃さんていうんじゃありませんか」

「いや、名前までは知らんが、姓はおなじだな。そのご浪士は井原文兵衛と名乗ったよ」

乙女が拳を叩いて、

「じゃきっとそうですよ、わたしの知り合った人のお兄上なんですよ」

「それはなんとも奇遇だな」

右近も驚いてうなった。

翌日のことで、そこは煮売り屋のねずみ屋の店内である。

為五郎と駒吉が、ぽかんとした顔で二人のやりとりを聞いている。

右近が続ける。

「井原殿は手先が器用らしく、竹細工の仕事で身を立てていると聞いた。そして妹御は寺子屋の師匠だ。兄妹揃って堅実に生きているようなのだ」

「右近の旦那、どうしてひとりでおたふくへ行ったんだよ。ひと声掛けてくれりゃいいものを、水臭えなあ」

ぼやく為五郎に、右近が苦笑で、

「すまん。昨日はな、急に思い立ったのだ」

駒吉が為五郎の肩をぽんぽんと気安く叩いて、

「為さん、男というものは時々ひとりで酒を飲みたくなるものなのよ。特にあんたと一緒だとうるさくてたまんないんじゃない。ひとりしんみり物思いに耽《ふけ》って飲む右近様のお気持ち、あたしにはよくわかるわ」

「うるせえ。そんな所にいつまでも突っ立ってねえでとっとと飯作れよ。このおかまねずみ」

「な、何よ、おかまねずみって」

「おめえのことに決まってんじゃねえか。ねずみ屋のおかまだから、おかまねずみだ」

「むむっ、ひどい」

「おめえ今日はどうしたんだ、化粧忘れてねえか」

「ああっ」

すっぴんの豆腐顔を慌てさせ、駒吉は板場へ駆け込んで行った。そして鏡を覗いたらしく、「わっ、ひどい顔」と悲鳴が聞こえ、為五郎がぷっと吹き出した。

「それにしても右近様、その文兵衛さんはどうして刺客に命を狙われたのかしら」

「それが謎だな。あの御仁《ごじん》はどう見ても人から恨まれているとは思えんよ」

為五郎が考えながら、

「本人も言ってたみてえに、浪人の辻強盗なんじゃねえのか。近頃あっちこっちで流《は》行《や》ってるらしいぜ」

「いや、井原殿は辻強盗が目をつけるような輩《やから》には見えんな。それに……」

言いかける右近を、乙女と為五郎が見た。

「刺客のひとりに見覚えがあったのだ。しかしそれがどうしても思い出せん。どこぞで見つけたら、なぜ井原殿を狙ったのか問い質《ただ》すつもりだ」

「わたし、それとなく月乃先生の所へ行ってみます」

「気になるのかい、乙女ちゃん」

為五郎が聞いた。

「うん、大いに気になるわ。だって月乃さんてとてもいい先生だから、その兄上にもしものことがあったら気の毒じゃない」

五

子供たちに手習いを教えている間、ともすれば月乃の思いはあらぬ方へさまよった。

今朝になって、二通目の恋文が届いたのである。

洋々塾へ出掛けようとし、油障子に差し込まれたその文に気づいた。とっさに戸を開けて表を窺ったが、不審な人影はなかった。

朝起きて、井戸端へ行くのに出入りしているからその折りではなく、月乃が着替えをしている間に戸口に挟まれたものと思われた。

詮索はさておき、高鳴る胸を抑えるようにして文に読み入った。

「恋しとも　いはば心のゆくべきに　くるしや人目　つつむおもひは」

近衛院《このえのいん》の作になるもので、やはり恋歌なのだが、これは忍ぶ恋の切なさを詠んだものである。

「ああっ……」

思わず吐息が漏れた。

見知らぬ誰かから恋されている。

そう思うだけで、この恋歌同様に月乃の胸も切なくなった。

だからその気持ちを抱いたままで洋々塾へきて、寺子たちに教えながら心ここにあらずの状態なのだ。

このことは、よもや人に打ち明けられるものではなかった。日頃はなんでも話し合う兄でさえ、さすがに憚《はばか》られた。

この恋文がいたずらでないとしたら、文の主《ぬし》はこの先どうするつもりなのか。恋文だけを送り続け、それでおしまいになるのか。それともいつか月乃の前に、姿を現す心算《しんざん》でいるのか。

恋をしたことがないから、月乃には先の展開が読めなかった。

しかし恋文を受け取った時のときめきは決して悪いものではなく、それどころか心のどこかで次の文を待つようになっていた。

寺子たちが帰ってしんと静まり返った教場で、月乃は帯の間にしまった二通の恋文を取り出し、また読み入った。

筆跡は明らかにおなじ人物の手になるもので、恐らくこれだけの達筆は武人と思えた。

何度も読むうち、顔が火照《ほて》ったようになって思わず膝を崩した。

その時、気配を感じてはっとふり向いた。

戸口に浅田左次馬が立っていた。

「まあ、浅田殿……」

月乃が慌てて取り繕い、恋文をすばやく隠した。

「ちと、よろしいかな」

「はい」

左次馬は月乃の前に座ると、問題のある二人の寺子の話を始めた。

二人とも強《したた》かな悪童で、月乃も左次馬も手を焼いていた。

どちらも家が貧しく、弁当を持ってこれないから人のをぶん取るのだ。それも揃って力が強いから、暴力にものをいわせる。弁当を取られた子は泣き寝入りである。それだけでなく、手習いや算盤を教えている時でも平気で騒ぐ。叱れば悪態をつく。師匠などなんとも思っていないのだ。

寺子たちはみんな悪童には違いないが、この二人は特に悪質で、ほかの子たちからも嫌われていた。

「拙者など、何度叩いたか知れませんよ。それでもめげずにけろっとしていますから な、こっちが根負けです。いくら叱られてもものともせず、次の日にはまたおなじ悪さをくり返すのです」

あまりにも手に余るから、やめさせたいのだと左次馬は言う。

「でもそれは……たとえどんな悪童でも、疵つきますよ」

「ほかの寺子のことを考えたらやむを得んでしょう。親を呼んで拙者が引導《いんどう》を渡すつもりでいます」

「ちょっと待って下さい。わたし、その二人と話し合ってみます」

「無駄だと思いますがね」

「やらせてみて下さい」

月乃としては、寺子の馘《くび》を切ることは不本意なのだ。親を呼び出すことも嫌だった。二人には明日嚙んで含めるように言ってみようと思った。

月乃の熱意に負け、左次馬も承諾した。

「わかりました、ではよろしくお願い致す」

そう言って席を立ちかけ、

「失礼だが、今、何やら文を読んでおられましたな」

月乃がどきっとして左次馬を見た。

「は、はい、それが何か……」

左次馬が端正な顔でじっと月乃を見た。

その目に見つめられると月乃は少なからずうろたえ、下を向いてしまった。

「恋文ですかな」

「えっ」

月乃がうち震えた。

左次馬は目元をやさしく笑わせながら、

「いや、月乃殿の様子を見ていたらそんな気がしたものですから」

「わたしのような者に、誰が恋文など……おからかいになられては困ります」

「何を申される。あなたほどの人だ、つけ文のひとつやふたつ舞い込んでもなんの不思議もござるまい」

月乃はそこでうつむいたまま、微かな笑みを見せ、

「わたしほど、などと申されると面映《おもはゆ》い思いです。どうか買い被りをなさらないで下さいまし」

「……そうですかな」

それ以上は言わず、また月乃をじっと見ると、静かな声でご免と言い、左次馬は出て行った。

月乃は小さな衝撃に、すぐには立てないでいた。

恋文の主がわかったような気がしたのだ。

もしやそれは、今ここに居た浅田左次馬ではないのか。

左次馬は相州《そうしゅう》浪人で、江戸へ出てきたのも月乃兄妹とほぼおなじ頃だと言っていた。住まいは品川町の角兵衛《かくべえ》長屋と聞いている。月乃の住む北鞘町とは隣り町同士だ。

――あの人なのかしら。

左次馬に妻子はなく、独り身なのだ。

しかし左次馬の文字は日頃からよく見ているから、恋文のそれとは明らかに違う。

それゆえ、誰かに代筆させたということも考えられる。今まで左次馬のことを何も知らず、男としても見ていなかったので、月乃はおのれの不明を恥じた。

だがもしそうでなかったら、左次馬に笑われ、共に教場に立つことなど出来なくなってしまう。

こちらからは何もすまい、と心に決めた。

恋文の主が急に現実感を持ち、月乃は新たに胸の躍るのを感じた。

六

油障子を開ける時、恋文が挟まっていないかどうか、月乃はそっと注意しながら戸に手を掛けた。

文はなかった。

今朝貰ったばかりだからそれはないとは思ったが、心のどこかにあって欲しいという気持ちもあった。

「……」

ふっと溜息が漏れた。

恋文を貰い始めてからというもの、自分はいったいどうしてしまったのかと、時にわれに返ることがあった。顔も見せない相手に恋をしているというのか。

その気持ちは日に日に、恋文の数が増える分、思いの丈が募るような気がした。悶々とするおのれの姿を思うにつけ、われながら滑稽《こっけい》でもあったが、また哀切もひとしおであった。その哀切とは、婚期を逃した自分への憐れみであった。やるせなかった。

家へ入ると、またつけ届けの魚や青物が土間に積まれてあった。心張棒を掛け、羽織袴を脱いで日常の小袖に着替える。

そこへ表戸が叩かれ、出てみると乙女が立っていた。

「まあ、あなたは弥市の代理の人でしたね」

「はい」

「弥市がどうかしましたか」

「いえ、そうではないんです」

ちょっとお話がと言って乙女はなかへ入れて貰い、そこで月乃と向き合うと小十手を見せ、初めて岡っ引きである素性を明かした。

それを聞いて、月乃が一瞬気色《けしき》ばむ。

「心配ご無用ですよ。先生にどうのこうのと言うんじゃありませんから」

そう言っておき、乙女は右近から聞いた昨夜の暗殺未遂事件を語った。

乙女の知り合いの右近が、月乃の兄の文兵衛と居酒屋で遭遇したことは本当に奇遇なのだが、その帰路になぜ文兵衛が刺客に命を狙われたのか。それを調べる為に、こうしてきたのだと打ち明けた。

話を聞くうち、月乃の表情がみるみる険しいものになった。

「兄が刺客に命を……」

「その話は聞いてませんか」

「ええ、特には……それに昨夜の今日では、わたしは朝早くに洋々塾へ行ってしまいましたし、今帰ってきたばかりですから」

その時、文兵衛の居る隣家から男の笑い声が聞こえた。

「お客様かしら」

「いいえ、あの声は長屋の住人の飴売りと八卦見です。障《さわ》りはありません」

「ではそのこと、確かめてみましょうか」

乙女が言い、月乃は承知すると家を出て隣家へ入った。

文兵衛が魚籠をこさえているのを、暇人の十千棒と露月斎が茶を飲みながら見ていた。二人はいつも出入りしているから、茶はどちらかが勝手に淹れたようだ。

「あ、こりゃどうも先生、お邪魔しておりやす」

十千棒が頭を掻きながら言い、露月斎も鯰の髭を照れ臭そうに撫でて、

「いつものことながら、お兄上の手捌きがあんまり見事なので、ついつい見とれておったんじゃよ」

乙女の勘で、十千棒が飴売り、露月斎が八卦見だなと、すぐに察しがついた。

「おい、十千棒、お客さんのようだから退散するぞ」

「へいへい」

二人は乙女に気弱そうな目をやりながら、早々に出て行った。

月乃は乙女を伴って文兵衛の前へ座り、二人を引き合わせた上で、乙女の身分をも明かして、

「兄上、昨夜襲われたというのは誠のことなのですか」

「ああ、いかにも」

そう言って文兵衛は竹を編む手を止め、

「浪人が三人、わたしに言い掛かりをつけて向かってきた」

「まあ」

月乃が表情を引き締める。

「しかしそれだけのことで、とりわけ騒ぐようなことではない。そのような手合いは近頃珍しくないからな。わたしはさして気にしてはおらんが」

暢気そうな目を乙女に向けて言った。

「では刺客ではなく、あくまで不逞浪士だというんですね」

「そうだ」

「誰かに命を狙われる覚えはありませんか」

「ない」

文兵衛の返事はにべもない。

だがその文兵衛の表情に、秘密の匂いがあることを乙女は感じ取っていた。

それから文兵衛は乙女を拒否するかのように、再び竹細工作りに戻った。

乙女はそれが潮時だと思い、月乃に礼を言って帰って行った。

文兵衛は月乃と二人だけになると、別人のような鋭い目になって、竹細工などうっちゃり、

「月乃、これより江戸を引き払うぞ」

真剣な目を据えて言った。

月乃がはっとした目を上げた。

「どうやら、あの顔のない男に嗅ぎつけられたようだ」

「そ、それは……」

月乃は心を取り乱し、

「間違いないのですか」

「昨夜わたしを襲った三人の浪士は、弓削平蔵《ゆげへいぞう》に雇われた者たちと確信する。前にもあったことではないか、ほれ、中仙道で危ない目に遭ったあれだ」

「はい」

「あの時は関わりのない者までとばっちりを食らい、悪いことをしてしまった。もうあんなことは二度とご免だ」

「……」

「彼奴《きやつ》はわたしの次にはおまえにも手を出すであろう。この数日内で日常に何か不審なことはないか」

「いえ、別段……」

恋文のことは、その時まったく念頭になかった。

「でも兄上、こうしてようやく江戸に根づいたのに、口惜しうございます。江戸を捨てほかの土地へ行くなど、本心を申せば嫌でございます」

苦渋に顔を烈しく歪ませ、

「兄上、わたしたちは死ぬまであの男につきまとわれるのですか」

「そうだ、つきまとわれるのだ。すべてはわたしが悪い。おまえには心底すまんと思っている」

「いいえ、兄上、それは言わぬ約束です」

「月乃、われら兄妹はどの地に居ても仮の宿なのだ。さすらいはわれらの定めなのだ。どんなに草深い田舎へ行ったとて、竹細工作りや寺子屋の師はひつようとされる」

「されどわたしには、この江戸が去り難いのです」

芥子坊主たちの元気な顔が瞼《まぶた》に浮かんだ。

「それはわたしとておなじだ。しかし弓削平蔵に知られたからには、もう江戸に居ることは出来ん」

「……」

「一両日中に立ち退《の》くことにする。よいな」

月乃は顔を伏せ、わなわなと身を揉むようにしていた。

七

翌朝になって、乙女が長屋で身支度を整えていると、右近と為五郎が息を切らせて駆け込んできた。

「乙女さん、わたしときてくれんか」

「どうしました」

「思い出したのだよ、刺客の片割れを」

さっと緊張する乙女に、為五郎が寄って、

「ねずみ屋で二人で朝飯食ってたらな、両国広小路の話んなってよ、あそこにゃどれだけの見世物があるんだろうって駒吉の馬鹿が言い出したんだ。それでおれが指折り数えて、浄瑠璃《じょうるり》、手妻《てづま》、綱渡り、ろくろっ首に河童《かっぱ》小僧、それから軍事講釈って言ったら、右近の旦那がおおって大声を上げたのよ」

「乙女さん、片目に眼帯、朱鞘を差した浪人は蝦蟇《がま》の油売りだったのだ」

「それが、広小路に？」

「ああ、その男は大道芸人で、ほぼ毎日そこで声を嗄《か》らして蝦蟇の油を売っている。

いつも広小路を通る時に見ていて、目に焼きついていたのだ。それがとっさにあの晩の刺客に結びつかなかったのだな」

「わかりました、すぐに参りましょう」

それで三人は長屋を出て通り二丁目を抜けると、日本橋の袂《たもと》から乗合船に乗り、一路両国橋を目指した。

「さあさあ、お立ち合い。御用とお急ぎでない方は、ゆるりとお聞きなされよ。それがしがここに持ち出したるは、時節蟾酥《せんそ》は四六の蝦蟇の油でござる。四六の蝦蟇とひと口に申すが、四六、五六はどこでわかるか。前足が四本、後ろ足が六本、ゆえにこれを名づけて四六の蝦蟇。この蝦蟇の油を取り出すには、四方に鏡を立て、下には金網を張り、そのなかへ蝦蟇を追い込むなり。さすれば蝦蟇はおのれの醜き姿を鏡に見て、よよと驚き、たらりたらありと脂汗を流す。それを金網にて吸い取り、柳の小枝を持ちて三七、二十一日の間、とろりとろおりと煮詰めたのがこの蝦蟇の膏薬《こうやく》でござあい。火傷《やけど》、ひび、あかぎれ、切創、なんでも効く蝦蟇の油であるぞ」

もったいぶった口上を述べていた浪人が、右近にいきなり胸ぐらを取られて「ああっ」と叫んだ。

浪人は眼帯に朱鞘の男ではなく、別人の肥満体だ。

右近の左右に乙女と為五郎が立っている。

「おい、いつもの男はどうした」

右近の気魄に浪人は呑まれ、

「いつもの男とは岡島八十郎《おかじまやじゆうろう》殿のことか」

「名前は知らんが、片目に眼帯をして朱鞘の刀を差した男だ」

「岡島殿は今日は休みだ。わしはいつもは東両国で商売をしているのだが、代りを頼まれたのだ」

「その岡島八十郎という人の住まいを教えて下さい」

乙女が浪人に詰め寄った。

岡島八十郎は、両国広小路から間近の薬研堀《やげんぼり》に住んでいた。

薬研堀といえば右近の住む米沢町の隣りだから、すぐに土地勘が働いた。

三人でそこへ押し寄せ、住人に岡島の家を聞いてなかへ踏み込むと、もぬけのからであった。

だが逃げた様子はなく、莨盆《たばこぼん》や脱ぎ捨てた衣類などに生活の匂いが残っていた。

為五郎が長屋のかみさんをつかまえ、岡島の行方を聞く。

「岡島の旦那ならお米蔵《こめぐら》の裏へ行ってご覧、そこで博奕《ばくち》打ってるはずだよ。なんだか知らないけど、急に金廻りがよくなってこのところ遊び暮らしてるよ」

お米蔵の裏手では、粗筵《あらむしろ》の上に車座になった五、六人の男が野天で博奕を打っていた。

乙女、右近、為五郎がやってくると、男たちのなかに混ざっていた岡島八十郎が右近の顔を見て色を変え、博奕をうっちゃって逃げ出した。

右近が言う通り、片目に眼帯を掛け、朱鞘の刀を差している。

「待ちやがれっ」

為五郎が吠えた。

三人が猛然と追い、岡島に追いついて取り囲んだ。

「き、貴様、なぜわかった」

岡島が抜刀して片目で凄《すご》んだ。

そこで右近が鎌をかけて、

「お主の雇い主から聞いたのだ」

「なに、そんな馬鹿な……あ奴はわしの居所など知らんはずだ」

岡島の目がうろうろとさまよった。

「語るに落ちたわね。雇い主はまだ捕まえてないわよ」

乙女が小十手を向けて言った。

「おのれ」

岡島が破れかぶれで斬りつけ、右近がすばやくその懐にとび込み、難なく手刀《てがたな》で刀を叩き落とした。

落ちた刀を為五郎が拾い上げる。

岡島が愕然《がくぜん》となり、ひと声うめいてへなへなと座り込んだ。

「刺客を依頼したのは何者だ」

右近が追及する。

「そ、それがどこの誰とも知らんのだ」

「知らねえわけねえだろう」

為五郎が右近の虎の威を借りて怒鳴った。

「いや、本当に知らん奴なのだ。蝦蟇の油を売っていたら奴がすり寄ってきて、法外な手当てで人斬りを頼んだ。北鞘町の佐助店に住む井原文兵衛を斬ってくれとな。文兵衛の立ち廻り先もその時聞かされた。竹細工を卸しに行く昼の行く先も聞いたが、わしは夜がいいと思い、それでおたふくに張り込んでいたのだ」

「後の二人はどうした」

右近が問うた。

「見たこともない奴らだった。襲撃の前に引き合わされただけで、名前も所も知らん。どうせわしとおなじように食い詰め者に決まっておる」

「その人斬りを頼んだのは、どんな奴なの。詳しく説明して」

乙女が聞いた。

「町人だ。妙な恰好をしていた。あれは両国では見かけんが、お駒飴売りというのではないのか」

「飴売り……」

乙女の目がきりりと吊り上がった。

十千棒の顔が目に浮かんだのだ。

「おぢやぢやぢや、さんべらぼんぼん。役者声色、お好み次第。塩辛声でしゃみつら。色は黒いが、飴は太白《たいはく》。買わぬお方は聞こえませぬわい。そこを行くのは、才三《さいぞう》さんではないかいな」

八

髷を細長に結い立て、その先に玩具の蜻蛉を止まらせ、派手な羽織を着た十千棒がお駒飴を売り歩いている。

その奇妙奇天烈さがどこの町でも子供たちに受け、今日も十千棒の周りを子供たちが賑やかに囲み、「おぢやぢやぢや」と囃《はや》し立てている。

お駒飴売りというのは、安永六年（一七七七）の白木屋お駒事件を脚色した「恋娘《こいむすめ》昔八丈《むかしはちじょう》」という芝居のなかの有名な科白を、飴売りの呼び声に面白おかしく取り入れたものである。

ひとしきり飴が売れ、十千棒がほっとしているその前に乙女が立った。

前後を挟むようにして右近と為五郎が立っている。

「この間、井原様の家でお会いしましたね」

乙女が言うと、十千棒は戸惑いを浮かべながら、「へい」と言った。

「ちょっと聞きたいことがあるんですよ。きて貰えますか」

小十手を見せつけ、乙女が言った。

そこは本銀町《ほんしろがねちょう》だったので、近くの自身番へ十千棒を同行させた。

自身番に常駐の家主、店番らに断り、奥の板の間に十千棒を通し、乙女、右近、為五郎が取り囲むようにして座った。

岡っ引きの立場から、訊問は乙女が中心になって行われた。

「まずあなたの名前から聞きましょうか」

「飴屋の通り名は十千棒、親から貰った名めえは糸吉《いときち》です」

十千棒がすらすらと答える。

「在所はどこですか」

「内藤新宿です。親はそこで今でも宿場の髪結いをしております」

乙女がすっと表情を引き締めると、

「あなたはおなじ長屋に住む井原文兵衛さんを恨んでるんですか」

「へっ？　ちょっと待って下せえ、そりゃいってえなんのこって……」

「恨んでるかどうなのか聞いてるんだよ」

為五郎が傍らから言う。

「ど、どうしてあたしが井原の旦那を恨まなくちゃならねえんです。こちとらしがねえ飴屋なんですぜ」

「そのしがない飴屋風情が、両国広小路の蝦蟇の油売りに金をつかませ、井原殿殺害を頼んだ。違うか」

右近が問い詰める。

十千棒は慌てて手をふり、

「じょっ、冗談じゃねえ。なんの証拠があってそんなことを」

「蝦蟇の油売りが白状したのよ。あなたに頼まれたって」

乙女が言った。

「そ、そんなあ……」

十千棒は泣きっ面になり、烈しくかぶりをふって、

「情けねえなあ……そんな人殺しの嫌疑を受けるなんてよお……おれぁどうしたらいいんだ……」

本当にぽろぽろ泪を流し、泣き出した。

これには乙女たちも困惑し、視線を絡ませ合って、

「ちょっと、泣かないで下さいな。詮議が続かなくなるじゃありませんか」

乙女が言う。

「こんな稼業をしてやすから、浮わついたいい加減な男に見られがちですが、あたしはこれまで人様を恨んだことなんて只の一度もねえんだ。ましてや、どうして井原の旦那を。いつも親しくさせて貰って、諍《いさか》いなんか起こしたこともねえってのに……」

手拭いで顔を覆い、おいおいと泣いた。

三人は無言で見交わし合い、十手棒をそこへ残して隣りの座敷へ移った。

家主、店番たちが席を譲る。

「右近様、どう思いますか」

「さっきから見ていたが、あれが芝居とはとても思えんな」

「ええ、わたしもなんだか悪いことしてるような気になっちゃって……」

為五郎が割って入り、

「おれも同感だよ、それによ、お駒飴売りはあの男ひとりじゃねえからな。ほかの飴売りかも知れねえぜ」

「為さん、大番屋へひとっ走りして、ここへ岡島八十郎を……いや、待って、こっち

から十手棒を連れてった方が早いわね」
岡島八十郎は殺害未遂の科《とが》で、大番屋に留め置いてあった。
「うむ、その方が話が早い。首実検させればすぐに明白になろう」
三人は板の間へ戻り、そこで愕然となった。
十手棒が煙のように消えていたのだ。
「嘘よ、まさかそんな……」
乙女が茫然《ぼうぜん》と佇立《ちょりつ》した。
三方を板壁に囲まれ、窓もないそこから脱出することは不可能であった。
右近と為五郎が六畳ほどのそこをどすどすと歩き廻る。
家主と店番が異変を知って戸口に顔を覗かせた。
「家主さん、今の男、煙のように消えちゃったんですよ」
乙女が訴えるように叫んだ。
すると家主の老人が座敷から火箸を持って入ってくると、床板の一角の小さな穴に
それを差し込み、ぐいと引き上げた。
人ひとりが出入り出来るくらいの四角い穴がそこに覗く。
三人がだっと集まって穴を覗き込んだ。

十千棒が隠れているような気配はなく、床下から冷たい風が吹き上げてくる。

「漬物の樽なんぞをしまっとくのにこれをこさえたんだよ。ほかの自身番じゃこんなことしてねえが、ここは何かとお礼やなんぞの貰いが多くてね、それをまた人にやったりするものだから、家を行き来するのが面倒でこさえたんだ」

「家主さん、この穴はどこまで続いてるんだい」

為五郎が穴に半分躰を入れて言った。

家主は、表までだと言う。

「畜生、ふざけやがって」

為五郎の姿が穴へ潜って消えた。

乙女と右近が身をひるがえそうとすると、これも老人の店番が不審を露《あらわ》にして、

「今の飴屋、前に見たような気がするよ。何かの科で、ここで調べを受けたことがあるんじゃねえのか」

隠し穴を知ったのはその時かも知れない、と店番が言う。

二人は血相変え、表へとび出した。

だがいくら自身番の周辺を走り廻っても、どこにも十千棒の姿はなかった。

そのうち自身番の裏手の縁の下から、為五郎が土だらけの顔で這い出てきた。

「乙女ちゃん、三人が三人ともあの男に騙されたな。けへへ、こいつぁ恨みっこなしだ」

「笑いごっちゃないでしょ、為さん。きっと捕まえてみせる」

それで三人は北鞘町の佐助店へ向かった。

九

京橋の竹町へ行き、世話になった何軒かの竹屋を巡り、事情が出来て江戸を去ることになった旨を告げた。むろん、その事情は言えなかった。

どこでも惜しまれ、引き止められたが、文兵衛とて断腸の思いなのだ。

惜別《せきべつ》をくり返していても詮ないので、竹町を後にして北鞘町へ向かった。

もう荷造りをしてあるから、明日発つつもりでいる。月乃も洋々塾をやめる旨を伝え、最後の伝授を行っているはずだ。

わずか三年だが、江戸の町とは水が合い、心底去り難い思いだった。

一石橋が見えてきたので、ひと休みしたくなった。そこで橋の袂の、顔馴染みの老婆がやっている掛茶屋へ立ち寄った。

床几に掛けてしみじみと甘酒を味わっていると、こっちへやってきた男が目の前で足を止めた。

「こりゃ、井原の旦那じゃありませんか」

文兵衛が顔を上げると、それは十千棒であった。

「なんだ、おまえ。こんな刻限に飴屋の恰好でいるとは、珍しいではないか」

十千棒は昼下りなのに飴屋の恰好で、それも顔や着物に土がついてうす汚れていた。しかも解せないのは飴屋の道具は持ってなく、手ぶらなのである。

「何かあったのか」

「聞いて下せえよ、旦那」

十千棒は文兵衛の横にぴったり座ると、老婆に甘酒を頼んでおき、

「どうやらあたしは江戸を売ることになりそうなんです」

そう言いながら、十千棒は懐に呑んだ匕首《あいくち》に手を掛けた。

「何、おまえもか」

「へっ？　旦那もですかい。いってえどうしてまた……」

十千棒が目をぱちくりとさせる。

「それはまあよい。おまえの方は何があったのだ」

「へい、実は役人に追われる身になっちまいましてね、長屋にもけえれねえんですよ」

「おいおい、それは尋常ではないな。何か仕出かしたのか」

「いいえ、これから仕出かすんですよ」

十千棒が凄んだような重い声で言った。

「む?……」

その時、文兵衛は腹に焼け火箸を当てられたような熱さを感じた。だがとっさに何が起こったのかわからず、怪訝《けげん》に十千棒の顔を見た。

十千棒は今まで見せたことのない冷たい笑みを浮かべている。

「おまえ……」

「死ぬる時ぐらいわしの顔を拝ませてやろうではないか、井原文兵衛」

十千棒の口調が武家のものに変わった。

「な、なんと……」

今まで一番怖れていた男を目の当たりにし、文兵衛の目が恐怖に見開かれた。

「そうだ。わしこそが弓削平蔵なのだ。お駒飴売りは仮の姿でな、一年もおなじ長屋に住みながら気づかぬお主は大うつけよ」

十千棒が佐助店に越してきたのは、去年のことだったのだ。

「うっ……くっ……」

そこで初めて文兵衛は、腹部から烈しい出血をしていることに気づいた。はっとなって腹を押さえるのと同時に、十千棒が刺し込んだ匕首を引き抜いた。激痛が起こり、堰《せき》を切ったように流血が始まった。

「おのれ、貴様」

文兵衛がつかみかかろうとすると、十千棒はするりと躱して立ち上がり、

「これで仇討本懐《あだうちほんかい》だ。言うことはないぞ」

風を食らって立ち去った。

「ううっ……」

文兵衛は手拭いを丸めて必死で腹部に差し込み、それで応急の血止めをし、気丈に立ち上がった。

そこへ老婆が十千棒の甘酒を持ってきた。

「おや、お連れさんは」

文兵衛の疵に気づかぬ老婆が問うた。

「もう、よいのだ」

文兵衛は茶代を置き、蹌踉《そうろう》とした足取りで歩き出した。

床几の上に出来た血溜りを見て、老婆が悲鳴を上げた。

そして文兵衛は少し行った先で、どーっと壮烈に倒れ伏した。

十

文兵衛のとむらいが済んで、月乃は何日も長屋に引き籠もっていた。

洋々塾はやめてしまったし、もう誰とも会いたくなかった。

砂を噛むような思いで、死なない程度に食物を口に運び、後は寝てばかりいた。雨戸を閉め切り、昼夜の別もわからぬまま、油障子を叩かれても一切応答しなかった。

それはまるで、幽冥《ゆうめい》をさまよう死者のような生活であった。

兄の怖れていた弓削平蔵が、くるならくればいいと思っていた。兄と連座して討たれるなら、抗うことなく受け入れるつもりだ。怖れは何もなかった。

不思議なことに、あの日以来、恋文はぴたっとやんでいた。

あの日以来というのは、文兵衛が江戸を去ると言った次の日にまた一通、戸口に差し込まれてあったのだ。

「紫の　色に心はあらねども　深くぞ人を思ひそめつる」

　これは延喜帝（醍醐天皇）作の、三通目の恋文だ。

　以前ほど胸はときめかなかった。恋文の主は周辺に居る人間のはずなのに、この人はいったいどういう人なのかと思いを深くした。

　文兵衛の死を知らないはずはないのに、悲しみに沈んでいる月乃がわからないはずはないのに、なぜ何事もなかったかのようにしてこんなたわむれにも似た恋文を届け続けるのか。相手の正体がわからなくなり、得体の知れないおぞましさを感じた。

　それもしかし、拘泥《こうでい》することはなかった。

　厭世的《えんせいてき》な気分は何物をも寄せつけず、どこにも光は見出せなかった。

　眠りから覚めて水瓶《みずがめ》の水を飲んでいると、表戸が控え目に叩かれた。

　戸口へすっと目を流し、だが月乃は黙っていた。

　するとまた戸が叩かれた。

　土間へ下り、「どなた」と聞いた。

「乙女です」

「……」

「ちょっと、いいですか」

月乃は一瞬ためらったが、心張棒を外して戸を開けた。

夕闇のなかに乙女が立っていた。

月乃が目顔で招《しょう》じ入れ、そして座敷に乙女と向き合って座った。

「教えてくれませんか、月乃先生」

月乃が無言で目を上げた。

「ご兄妹の秘密です」

「秘密……」

他人事のような口調でつぶやいた。

「文兵衛さんが殺されたわけは、江戸にきてからのものじゃないと思うんです」

「……」

「それがわからないことには、捕物になりません」

「いいんです、もう」

拒むように月乃が言った。

「よくありません」

ぴしゃっとはね返すような乙女の口調だった。

月乃が思わず目を開く。

「このままでは、文兵衛さんが浮かばれませんよ」

「兄は、もう帰らないんです」

乙女が月乃の動揺を見て取り、

「誰の仕業かわかってるんですね」

「……」

「十千棒は行方をくらましたままです。在所という内藤新宿へ行ってみましたが、十千棒の言った話はみんなでたらめでした。髪結いのふた親なんて居ないし、糸吉なんて伜も居ません。十千棒という男が何者なのか、まったくわからないんです」

「……」

「月乃先生、悔しくないんですか。仲のいいご兄妹だったじゃありませんか」

「……」

月乃が唇を震わせ、泪を溢れさせた。とめどなく流れるそれを、そっと袂で拭う。

そして唐突に語り出した。

「わたしども兄妹は、仇持《かたきも》ちだったのです」

「仇持ち……」

その言葉を、乙女はずしんと重く受け止めた。

月乃がさらに続ける。

井原文兵衛は上野国《こうずけのくに》(群馬県)沼田藩三万五千石の小藩で、二百石取りの鞍《くら》奉行をつとめていた。

月乃にはその頃許婚者《いいなずけ》が居て、これは鞍奉行と同格の漆《うるし》奉行をつとめる三村栄次郎《みむらえいじろう》という男であった。

栄次郎は謹厳だけが取り柄のような男で、月乃は彼に対して熱き恋心を燃やすほどではなかったものの、この縁組に否やをいうつもりはなかった。

文兵衛と栄次郎が親しく、それで決まった縁談なのだ。月乃兄妹のふた親はすでに他界していた。

ところがここにもうひとり、弓削彦六《ひころく》という男が月乃に邪《よこしま》なる懸想《けそう》をした。

弓削家は猿《さる》ケ京《きょう》関所代官を代々つとめる家柄で、井原家や三村家よりも格上であった。

彦六は栄次郎の目を盗んでは月乃につきまとい、翻意《ほんい》をうながした。つけ文や待ち伏せをしては月乃を掻き口説くのだ。

これに困った月乃は、文兵衛に難儀を受けていることを打ち明けた。そこで文兵衛は彦六に会うと、妹に近づかぬように談判した。

だが話し合いがこじれ、激昂《げきこう》した彦六は文兵衛に斬りつけた。格下の家格である文兵衛に説諭されたことで逆上したのだ。

文兵衛はやむなく彦六と刃を交え、斬るわけにはゆかぬので怪我を負わせ、それで目を醒まさせようとした。

飄々《ひょうひょう》とした見かけとは違い、文兵衛は藩内きっての使い手であったのだ。

それで彦六は一旦引き退ったものの、今度は文兵衛を逆恨みし、徒党を組んで襲撃に打って出た。

文兵衛はこれを迎え討ち、彦六のみを斬り捨て、手勢の何人かには疵を負わせるに留めておき、月乃を連れて逐電《ちくでん》した。

中仙道を急ぐ兄妹に、三村栄次郎が早馬を駆って追ってきて、彦六の従兄弟《いとこ》の弓削平蔵という男が、藩主から仇討の許しを得て追跡に出たことを告げた。

だがこの平蔵なる者がどんな男なのか、文兵衛も栄次郎も知らなかった。

狭い領内で暮らしていればおおよその当たりはつくものだが、平蔵は長いこと江戸に遊学をしていた身で、誰にも知られていなかったのだ。

その平蔵がたまたま領内に戻っていて、彦六の訃報《ふほう》を聞き、仇討の決意を固めたのだと言う。

別れるに際し、栄次郎は月乃にひとしずくの泪を見せた。

月乃の方はそれほどではなかったが、栄次郎は月乃に強い思慕の念を抱いていたのだ。

兄妹は江戸を目指し、中仙道を急いだ。

やがて桶川宿の旅籠《はたご》で、刺客の一団に襲われた。

文兵衛は果敢に応戦し、月乃と共に逃げたが、その際無関係な宿の者数人がとばっちりをくらい、手疵を負った。

刺客はあぶれ者の浪人たちで、弓削平蔵に金で雇われたものと思えた。だが刺客のなかに、平蔵らしき男の姿はなかった。

平蔵がどんな顔を持った男なのか、それがわからないので不安は増幅した。

そして江戸に辿り着き、兄妹は半年ほどは人目を避け、息を殺すようにして暮らしていた。

しかし平蔵の影も感じられなくなったので、文兵衛は竹細工作りを、月乃は寺子屋の師となり、それぞれまっとうな職を得て尋常な生活を始めたのだ。

それが三年前のことで、二年が過ぎたところで、長屋に飴売りの十千棒が越してきたのである。

「でも乙女さん、あの男が弓削平蔵なのかどうか、まだ確かめられたわけではありませんよね」

月乃が不安をみなぎらせながら言った。

「ええ、でも……十千棒が弓削平蔵でなかったら、文兵衛様を殺す理由がありません。ここはやはり弓削平蔵が飴売りに姿を変え、この一年、ご兄妹の隙を窺っていたと考えるのが一番しっくりくるんです」

乙女の言葉に、月乃は重い溜息を吐き、

「わたしはこの先どのようにして生きて行ったらよいのか、見当もつきません。兄という支えを失った今は、いっそ弓削平蔵に斬られても構わないと、そうも考えたりもします。元はといえば、すべてこのわたしに原因があるのですから」

「月乃先生、そんな風に考えちゃいけませんよ。十千棒、いえ、弓削平蔵は卑劣な男なんです。仇討なら仇討で、どうして正面から勝負を挑まないんですか。わたしはその男の心根に、歪んだ、とても邪なものを感じるんです。これまで聞いたところでは、平蔵はご兄妹に時をかけて不安を与え、痛ぶって喜んでいるような節が感じられます」

「……」

「月乃先生、そんな奴に討たれてもいいなどと考えないで、弓削平蔵を打ち負かすぐらいの心づもりになって下さい」

「……」

月乃は力を失ったようになり、さめざめと泣き出した。

乙女がじっと見守る。

「……そうは申しても、とてもあなたの言うように強くなれる自信は……この先、立ち直れるかどうか……」

「今の月乃先生では無理もないと思います。しばらくは静かにお暮らし下さい。わたしが護《まも》っていますからね」

「……」

月乃の返事を待たず、それで乙女は帰って行った。

乙女に励まされたせいか、少し気力が出てきて、月乃は台所で炊事を始めた。煮炊きの合間に雨戸を開けると、涼やかな夜風が吹き込み、家のなかの澱《よど》んだ空気を追いやってくれた。

兄は死んだが、自分は生きていかなければいけない。しっかりせねば、と気持ちを引き締めた。

その時、油障子にすっと人影が差すのを見た。

そしていつもの恋文が差し込まれた。

月乃は急いで土間へ下り、文を抜き取って表戸を開けた。

だが人影はもうなかった。

文を開く。

「そこ元への思ひ、募りて候《そうろう》。是非とも御目文字《おめもじ》致したく、今宵五つ、金座裏にてお待ち申し上げ候」

新古今和歌集の和歌ではなく、初めての誘いの文面だった。いつもとおなじ達筆な男文字である。

文を持つ手が怒りで震えた。

それを帯の間にねじ込み、月乃は表へとび出した。

北鞘町から品川町まで、一気に駆けた。

角兵衛長屋はすぐに見つかった。

井戸端で下帯を洗っている独り者らしい職人に、浅田左次馬の家を尋ねる。

灯りのついた一軒を教えられ、その家の前に立つと、息を整え、案内を乞わずに表戸を開けた。

そこで月乃は奇異な目になった。

左次馬が十五、六の美少年と布団《ふとん》で抱き合っていたのだ。

月乃に見られ、二人は慌てて離れた。

そして左次馬が立ってきて、居丈高《いたけだか》な目で月乃を見た。

「月乃殿、いきなり無礼ではないか」

「あ、いえ……」

「何用ですかな」

月乃は衝撃を抑え、それでも必死に、

「浅田殿はわたしにつけ文をしておりませんか」

「つけ文？　あなたにか？」

「はい、それもこれまでに何通も」

「いや、存ぜぬな」

「本当ですか」

そう言って帯の間から文を取り出し、左次馬に見せた。

左次馬はそれに目を通しながら、

「金座裏にてお待ち申し上げ候か――わたしはこのような文は断じて書かぬな。それに文字が明らかに違うではないか」

「ええ、それは」

「あなたに見られてしまったからもう隠しても仕方がないが、わたしは女子《おなご》というものが好きではないのだ」

「……」

「おわかり頂けるか」

端正な顔にうす笑いを浮かべ、座敷に居る美少年と視線を交わした。

美少年は女のようにほっそりとし、薄化粧さえしていた。

非礼を詫び、月乃は早々に左次馬の許《もと》を去った。

浅田左次馬は男色家だったのだ。ゆえに月乃に懸想するはずはなかった。

――ではいったい誰が。

思考が堂々巡りをした。

その時、五つ（八時）を知らせる鐘が聞こえ始めた。

月乃は覚悟を決め、文に書かれた金座裏を目指した。

金座裏は明地《あけち》になっていて、百坪余のそこは樹木が鬱蒼《うっそう》と生い茂っていた。

人影はなかった。

月乃は不審顔で夏草を掻き分け、突き進んだ。

いきなり背後から口を塞がれ、乱暴に突きのけられた。

「あっ」

倒れた月乃がおののきで見上げると、十人近い裸人足がずらっと取り囲んでいた。

いずれも下帯ひとつだけの姿で、全員が卑猥な笑みを浮かべていた。

十一

「月乃先生の様子がおかしいぜ」

夜の四つ半（十一時）頃になって、乙女の長屋にとび込んできた為五郎がいきなりそう言った。

乙女は為五郎に、月乃の見張りを頼んでおいたのだ。

「どう、おかしいの」

乙女が聞くと、為五郎は眉間《みけん》を寄せて、

「おれが乙女ちゃんに言われて佐助店に行ったのは、一刻半（三時間）ほどめえなんだがな、その時月乃先生は長屋に居なかったんだよ」

「居なかった？　変ねえ。わたしが佐助店を出たのは六つ半（七時）になる少し前だったけど、その時はとても外出なんかするような感じじゃなかったわ。お兄さんが死んで塞ぎ込んでるから、夜にひとりでどこかへ行くなんて、とても考えられないわよ」

「けど居なかったんだからしょうがねえじゃねえか」

「うん、そうね。それで？」

「そうしたら、ちょっとめえにふらふらとした足取りでけえってきたんだ」

「ふらふらとした？」

乙女が険しい顔になった。

「そうなんだ。その姿たるや、そりゃ凄かったぜ。髷の元結《もとゆい》が切れて髪がざんばらでよ、それがおめえ、暗えなかから現れた時は思わずぎょっとしちまったよ」

「なんですって……」

乙女はざわざわと不吉な思いがし、座敷へ取って返し、神棚から小十手を取ってそれを帯の後ろに挟み込み、表へ出た。

「どこ行くんだ」

「為さんはもういい、わたしひとりで大丈夫よ」

為五郎がついてこようとするのを断り、乙女は北鞘町へ向かって突っ走った。


家へ入って行くと、灯《ひ》のない真っ暗ななかに月乃の黒い影が凝然《ぎょうぜん》と端座していた。

月明りが、幽鬼のようなその貌《かお》をぼんやりと照らしている。

「月乃先生」

乙女が座敷へ上がり、行燈《あんどん》の灯をつけようとした。

「灯《あか》りは、つけないで」

月乃が押し殺したような、悲痛な声で言った。

乙女は手を止め、まじまじと月乃に見入って、

「何があったんですか」

「……」

「先生っ」

崩れそうになる月乃の肩をつかみ、揺さぶった。

月乃の目に泪が溢れ、とめどなく頬を伝い落ちた。

乙女は食い入るように見ている。

やがて月乃は袂に押し込んだくしゃくしゃの文を取り出し、無言で乙女に差し出した。

乙女が窓辺へ寄って月明かりで文を読む。

「そこ元への思ひ、募りて候。是非とも御目文字致したく、今宵五つ、金座裏にてお待ち申し上げ候」

「これはいったい誰からの呼び出しなんですか」

「……」

月乃はそれには答えず、傍らの文箱《ふばこ》からさらに三通の文を取り出して乙女に手渡した。

乙女がまた窓辺で読む。

「人知れぬ　恋にわが身は沈めども　見る目に浮くは　泪なりけり」

「恋しとも　いはば心のゆくべきに　くるしや人目　つつむおもひは」

「紫の　色に心はあらねども　深くぞ人を思ひそめつる」

乙女は不可思議な目で月乃を見ると、

「これって、新古今和歌集ですよね」

月乃が微かにうなずく。

「この恋歌ばかりを集めて、先生に届けた人が居たんですね」

「……」

「でも今時こんな手の込んだことをするなんて……たわむれとしか思えないじゃありませんか」

「わたしも初めはそう思いました。でも二通目が届いた時、お恥ずかしい話ですが、わたしはときめくものを感じたんです。姿を見せぬ相手に、何かを待ちわびるような気持ちにもなったんです。縁の薄い女の身をお察し下さい」

乙女は戸惑うようにして、

「……そうかも知れませんね、こんなものがひそかに届けられたら、女心は揺れ動かされますよね」

「でも三通目の時は奇異な思いがしました。兄が死んだ直後だったので、腹立たしさを覚えました」

「……」

「そして最後の呼び出しの文で、金座裏へ出掛けたのです」

「それで、どうしました」

「……」

　突然、月乃が思い余ったようにして泣き崩れた。それは張り裂けるような悲しみに満ちたものだった。

「月乃先生……」

「裸人足が大勢居て、その者たちが寄ってたかってわたしを」

「なんですって」

　乙女の顔から血の気が引いた。

「地獄の責め苦のような時が過ぎ、裸人足たちが去り、わたしは茫然と横たわっていました。そこへあの、十千棒が現れたのです」

「……」

　乙女は何も言わなくなった。

「十千棒はわたしに冷笑を浴びせ、弓削彦六の言うなりになってさえいればこんなことにはならなかったのだと、そう吐き捨てるように言って去って行きました」

「……」

「わたしはもう、身も世もありません」

　また崩れそうになる月乃の手を、乙女が確《しか》と取った。

「月乃先生、負けないで。ここで待っていて下さい」

「……」

「いいですね」

乙女は月乃の返事を待たず、憤怒《ふんぬ》をみなぎらせて表へ出た。

十手棒を見つけ出して断罪してやらないことには、気が納まらなかった。

そしてすばやく行きかけ、愕然と歩を止めた。

月乃の家から「うっ」という小さなうめき声が漏れたのだ。

乙女が色を変えて家のなかへ引き返すと、月乃は懐剣で胸を突き、伏していた。

「月乃先生っ」

乙女がとび込んで抱き起こした。

月乃は目を虚空にさまよわせ、

「わが身には禍《わざわい》ばかりで、一向に福はおとずれず……されどいつかはくるものと、信じておりましたが……」

そこで力尽き、月乃は乙女の腕のなかで息を引き取った。

「……」

乙女の目に凄まじい憤怒がみなぎった。

そしてその手が、血にまみれた月乃の懐剣を握りしめた。

十二

十千棒こと弓削平蔵は、晴ればれとした気分で板橋宿の旅籠《はたご》を出立した。

その身装《みなり》は町人姿ではなく、羽織袴に佩刀《はいとう》し、編笠に手っ甲脚絆《きゃはん》を身につけた旅の藩士風だ。

仇討本懐まではと、長い間の禁欲生活から解き放たれ、昨夜は投宿するなり若い飯盛女を上げ、思いの限りを尽くして媾《まぐわ》い続けたのだ。飯盛女が音《ね》を上げて逃げようとするのを捉え、泣いて嫌がるのを殴りつけ、さらに媾った。媾いながら、月乃が裸人足どもに凌辱《りょうじょく》される姿をまざまざと思い浮かべ、淫らな気分を昂《たかぶ》らせた。

彼自身はその一部始終を見守りながら、月乃には指一本触れなかった。

月乃は彼にとって、

――汚い雌《めす》。

以外の何者でもないのだ。

裸人足たちは、金を貰って武家女を抱けるので大喜びであった。

去年の春に文兵衛、月乃兄妹の居所をようやく突き止め、町人に姿を変えておなじ長屋に住みついた。親しくしながら兄妹の動静を探り、この一年の間にあれこれ策を練った。

二人はみじんも平蔵のことを疑《うたぐ》らず、お駒飴売りの十千棒だと信じてやまなかった。

文兵衛の竹細工が好評で、月乃の寺子屋の師匠も人気なのを見て、新たな怒りが湧き上がった。

文兵衛ごとき家格の低い者の為に、従兄弟の彦六は斬り殺されたのだ。

従兄弟同士ということもあったが、彦六とは竹馬の友であった。たがいの父親が兄弟だから、幼い頃は両家を頻繁に往来し、どちらかの家に二人は寝泊まりし、兄弟同然の仲だったのだ。

長ずるに及んで平蔵は江戸へ遊学という身分になったが、その間も文通は欠かさなかった。

やがて彦六の文に、月乃への恋慕が書かれてあるのを読み、頰笑ましく思ったものだ。

しかし最後の文では、彦六のその思いは遂げられることなく、恋路は文兵衛に阻まれ、話し合いがこじれて争いとなり、文兵衛に手疵を負わされたことが記されてあった。

　平蔵は悪い予感がし、仲立ちをしようと思って国表へ向かった。だが平蔵が沼田へ着くと、時すでに遅く、彦六は文兵衛に斬り殺され、無残な骸《むくろ》となっていた。

　それで直ちに平蔵は仇討を決意し、藩主の赦免を得たのだ。

　文兵衛を手に掛け、月乃には最初から恥辱を与え、生き恥を晒させるつもりでいた。長い時をかけて熟慮を重ねれば、おのずと道は開けるものなのだ。

　平蔵の懐には、文兵衛の遺髪が大事に懐紙に納まっていた。それが仇討本懐の証となるのである。

　中仙道に踏み出すと、空は明るく晴れて、まるで平蔵の明日を祝福するかのようであった。

　喉が渇いたので道祖神の前にしゃがみ、旅籠で用意させた竹筒の茶を飲んだ。茶はまだ冷めてなく、湯気が立って平蔵の気持ちを暖かくさせた。

　ひゅっ。

　何かが風を切って飛んできたような気がした。

　見廻すと、道祖神の板囲いの屋根に吹き矢のようなものが突き立っていた。それに文が結びつけてある。

「……」

怪訝に辺りを見やるが、まばらに行き過ぎる旅人以外、怪しい人影はない。

吹き矢から文を取り外し、開いて読み入った。

みるみる平蔵の顔が険悪に歪んだ。

「人知れぬ　恋にわが身は沈めども　見る目に浮くは　泪なりけり」

月乃に届けた、平蔵直筆の文字だ。

そしてその文には、古い血痕《けっこん》が飛び散っていた。

青くなって立ち上がり、さらに四方を見廻すと、畑の草むらから乙女がすっと姿を現した。

「小娘……」

平蔵が驚きの声を漏らした。

「仇討本懐を遂げられ、晴れて帰参が叶いましたか」

乙女が抑揚のない声で言った。

「何をしに参った」

平蔵の声は低く落ち着いていた。その頬には不遜な笑みさえ浮かんでいる。相手が小娘なのであなどっているのだ。

　すると乙女が不敵な笑みを見せて、

「十千棒、いやさ弓削平蔵殿。仇討の仇討に参りましたのさ」

「なに」

　片頬を歪めて嗤《わら》い、

「井原の身内でもないのに何を申すか。仇呼ばわりなど、片腹痛いぞ」

「あなたは侍の風上にも置けない人ですね。卑劣で汚い手段を講じて、あなたのしたことは騙し討ちじゃありませんか」

「なんとでもほざけ。ものごとは結果だ。わしが彦六の仇を立派に討ち果たしたことに変わりはない。御用聞き風情が要らざる口を出すな」

　身をひるがえし、平蔵が構わずに歩き出した。

　乙女は小走り、その前に廻り込むと、

「あなたをここで討ちます。月乃先生がどんな思いで死んでいったか、わかりますか」

「ほう、死んだか、あのくそ女。それは何よりだ」

　そう言いつつ、いきなり抜刀して斬りつけた。

　だがそれより早く乙女はとびのき、帯の後ろから月乃の懐剣を抜き放った。

「この形見の懐剣であなたを仕留めます」

「黙れ」

さらに平蔵が白刃を閃《ひらめ》かせた。

それを乙女が身軽に躱し、刃を交え、時に接近し、時にすり抜ける。

その動きには無駄がなく、しだいに平蔵の息遣いが荒くなってきた。小娘とあなどっていたことを悔んだ。

そして乙女の方は息ひとつ乱れていなかった。

乙女にはわかっていた。この男の剣の腕は大したことはない。それゆえに真っ向から勝負を挑めず、邪悪な手段で月乃兄妹への仇討を考えたのだ。悪知恵だけで仇討本懐を遂げたのである。

「だっ」

突進すると見せかけ、平蔵がやおら身をひるがえした。

乙女が猛然と追う。

平蔵は必死で逃げ、雑木林のなかへ逃げ込んだ。

そこで向き直り、刀を構え直した時、乙女が弾丸のようにその躰へ体当たりした。

怨みの懐剣が平蔵の脾腹《ひばら》を抉《えぐ》った。

「うっ」

懐剣を抜き、さらに腹をひと突きした。

「ぐっ……」

平蔵が無残な顔を歪めて突っ立ち、身を震わせ、その手から刀が落ちた。

乙女が平蔵の耳元で囁く。

「禍福は糾《あざな》える縄の如し……月乃先生はその言葉を信じて、やがて得られる僥倖《ぎょうこう》を待ち望んで暮らしていたんです。それをあなたに塞がれた。この邪《よこしま》で卑劣な男にね」

懐剣を引き抜き、そのまま乙女は後をも見ずに立ち去った。

「ああっ……ううっ……」

佇立したままの平蔵の腹から、どくどくと血汐が噴出した。

街道を行く旅人は何も知らず、そして空はこよなく晴れていた。

第三話　毒薬問屋

一

日差しが強いので、朝に撒《ま》いた打ち水はとうに乾いて砂埃《すなぼこり》が舞っていた。

お春《はる》は店のなかからそれを見るや、慌てたように身をひるがえし、土間伝いに裏手へ向かった。

台所の脇を通ると、朋輩《ほうばい》たちが茄子や胡瓜の漬物をこしらえながらかまびすしくお喋《しゃべ》りをしていた。手代の誰それや、町内の色男の名が挙がっている。

彼女たちは寄ると触ると男の噂話をしていて、よく飽きないものだと思う。もっとも十四歳のお春よりみんなずっと年上だから、娘時代というものはそんなものなのかも知れない。自分も彼女たちの年頃になったら、きっとそうなるに違いない。

お春はまだ色気づいてないが、胸も少し膨らんできたし、月のものだってちゃんとあるのだ。もうすぐほかの人に引けを取らないような、立派な娘になる自信がある。

だが今は男への関心よりも、学ぶことが大事だと思っている。奉公の身だから寺子屋などには行けないが、おかみさんから手ほどきをして貰って、暇さえあれば手習いをしている。算盤《そろばん》も教わっている。それでおかみさんから、文字の筋がいいと褒《ほ》められる。

お春の在所は、江戸より十三里半の房州《ぼうしゅう》佐倉の萩山村という所で、百姓をやっているふた親は共に読み書きは駄目だが、お爺ちゃんの字というのを見たことがある。それは幼いお春の目にも達筆に見え、惚れぼれとしたものだ。だからその筆遣いのよさを受け継いだのだと、お春は自負している。

井戸水を汲んで手桶に満たし、表へ出て柄杓《ひしゃく》で打ち水をした。一度では足りず、三往復した。

それで埃が収まって気が済んだので、前垂れを外しながら店の横手にある小部屋へ向かった。

今のところ店に客はなく、おかみさんのお甲《こう》と番頭の浪六《なみろく》が帳場格子《ちょうばごうし》のなかで仲よく並んで帳づけをしている。お甲の弾く算盤の音が小気味よく響いている。手代たちは店の各所に散らばって、せっせと薬の仕分けなどをやっている。

お春の奉公する店は、日本橋の南、音羽町《おとわちょう》にある韮屋《にらや》という薬種問屋なのだ。

小部屋には先客が居て、小僧の福松《ふくまつ》が薬研《やげん》を押しながら、薬の名を口に出して諳《そら》じていた。

「産前産後に和小散《わしようさん》、虫薬なら奇神丸《きじんがん》、喉元すっきり清明丹《せいめいたん》、怪我によく効く百竜膏《ぴやくりゆうこう》、万病にいいのは五香散《ごこうさん》……」

「ちょっと、黙って出来ないの」

十歳の福松にあしざまに言った。

福松が奉公に上がったのは二年前で、お春は五年前である。

年季の差もさることながら、お春はこの福松に弟のような感情を抱いている。だからあしざまでも、ぞんざいでもいいと思っているのだ。

小僧はほかにも居るが、福松は機転が利《き》いて口の減らない悪童だから、そこが面白いのである。しかも男なのにおかめ顔で、口先をいつも不服そうに突き出している。そお春は働き者なので、奉公に上がって少し痩せたというのに、福松は肥《ふと》っている。そこが憎たらしいのである。

「誰に聞かれても薬の名めえをすらすら答えられるようにしとけって、番頭さんに言われたんだ」

「わかってるわよ、そんなこと。わざわざここでやらなくたっていいでしょ」

「ここは誰が使ったっていいことになってるんだぜ」

「あたしは手習いをしたいの。居てもいいから黙ってて」

そう言うと、福松に背を向けて小机に向かい、手習いを始めた。だが後ろの福松が気になって、思うように筆が運ばない。

福松は声に出さないようにぶちぶちと口のなかで薬の名を唱えていたが、そのうちお春の方を見て、

「気がつかねえのか」

「何よ」

「墨《すみ》を擦《す》っといたよ」

「あら、気が利くのね」

確かに硯の墨が増えている。

「そりゃあな、知っての通りおいら目から鼻に抜ける男だからな」

小憎らしくないうすら笑いで言う。その顔はどこかの裏店のおばさんに見えた。

「ふん、何言ってるのよ、落ち度だらけのくせして」

ふり向いて福松の額を小突いた。

福松はわざと後ろにひっくり返って、

「お春さんみてえな人、お嫁さんに貰わねえ方がいいな」

「どうしてよ」

「だってよく働くだろう。そういう女房は亭主を駄目にするらしいぜ」

「ませたこと言っちゃって。どうせ誰かの受け売りでしょうけど、あたしがよく働くのはお給金を頂いてるし、それに三度のご飯を食べさせて貰ってるからなのよ。あんたには感謝の気持ちというものがないの?」

「働いてお給金を貰うのは当たり前じゃねえか。いちいち感謝なんかしていられるか。お春さんはそのお給金、みんな在所へ送っちまうんだろう」

「おっ母《か》さんが先々を考えて、貯めといてくれてるの」

「それじゃおしゃれなんか出来ねえな」

「する気もないわ」

「甘いものは欲しくならねえか」

「ならないわよ、あんたみたいな子供じゃないんだから」

「おいら千歳飴《ちとせあめ》が好きなんだ」

「だから虫歯だらけなのよ」

「だったら男も作らねえんだな」

「うるさいわね、くだらないことをいつまでも。男のくせに喋り過ぎよ。さっさと自分のことやりなさい」

そこへお甲が顔を出し、奥へ茶を出しとくれと言った。

お春が恐縮してはい、と言う。

お甲はしっかり者で、店の切り盛りはほとんど彼女がやっている。色黒の馬面《うまづら》だから、お世辞にも器量よしとは言えないが、お春はお甲のやさしくてさっぱりした気性が好きなのである。

お春が急いで席を立つと、お甲はすぐに店の方へ戻って行った。

気づかぬうちに何人かの客がきていて、店はざわついていた。

「福松、お客さんよ、あんたも店へ行きなさい」

「てやんでえ」

「何、その言い方は」

ばっちんと福松の頭をひっぱたいておき、台所へ小走った。

奥へ茶を出すということは、旦那さんの与三郎《よさぶろう》の客なのだ。

与三郎はあまり店には顔を出さず、いつも奥の間で気ままに絵を描いたり、五七五をひねったりしている。そんな風変わりな主人なのである。悪い人とは思わないが、お春としてはやはり一生懸命商売に出精《しゅつせい》しているお甲の方が好ましいのだ。

奥の間へ行くと、与三郎が陰気臭い男客と向き合っていた。

与三郎は色白のやさ男で、三十半ばにはとても見えず、三十一のお甲の方が老けて見えるくらいだ。夫婦の間に子はなかった。

客は初めて見る顔で、与三郎と変わらない年格好だが、着ているものが垢じみてすり切れているようで、何か逼迫《ひっぱく》したものを感じさせた。

お春が茶を出す間、二人は気詰まりに押し黙っている。

そこを出て廊下に立つと、「角屋《すみや》さんといいましたね」「へい」というやりとりが聞こえ、それで客の名が角屋というのだとわかった。

それ以上は盗み聞きになるので、お春は店の方へ戻った。

昼を過ぎると、お春、お君《きみ》、お道《みち》の三人の女中は担ぎ荷を背負い、薬を売り歩きに出ることになっている。七人居る女中のなかから利発なこの三人が選ばれたのだ。二人はお春よりひとつふたつ、歳が上である。

手代たちは得意先廻りをやっているが、それとは別に、若い娘が出商《であきな》いをするのも悪くないのではないかと、お甲が三月《みつき》前に発案したのだ。

三人は最初の頃は物怖《ものお》じして売り声も小さく、大して売れなかったが、馴れるにつれて薬が少しずつ捌《さば》けるようになり、今では得意先も出来てめざましく成長していた。お甲の発案は的外れではなかったのである。

三人は売り歩くに際して分担を決め、お春は海賊橋を渡って、南茅場町《かやばちょう》界隈からさらに霊岸島町《れいがんじまちょう》の方まで受け持っている。

娘たちの足でそんなに遠くへは行けないから、精々日本橋の南か北なのだ。

売り文句は福松が唱えていたのとおなじである。

「産前産後に和小散、虫薬なら奇神丸、喉元すっきり清明丹、怪我によく効く百竜膏、万病にいいのは五香散……」

この文句もお甲が考えたものだ。

その日はよく売れて荷も軽くなり、日も西に傾いてきたので帰ろうと思い、富島町《とみしまちょう》二丁目から霊岸橋へ向かった。

すると橋の下で何やら人だかりがしているので、何事かと思って下りてみると、役人たちが川から引き上げた土左衛門《どざえもん》の検屍をしていた。

お春は怖いもの見たさに、人垣から覗き見た。

土左衛門は腹部を刺されたらしく、真っ赤な血に染まり、目を剝いていた。

その顔を見て、お春は思わず「ひいっ」と叫んでしまった。

それは角屋と呼ばれた、与三郎の陰気臭い客だったのだ。

二

伊佐山久蔵《いさやまきゅうぞう》や小吉《こきち》らが検屍するのを、乙女《おとめ》は野次馬のなかに混ざるようにして見守っていた。

するとすぐ近くで、担ぎ荷の少女が「ひいっ」と悲鳴を上げたので、とっさに目を走らせた。

少女はみるみる青褪《あおざ》め、そして乙女と目が合うや、ぱっと逃げるように河岸《かし》へ上がって行った。

単に土左衛門におののいただけではない別の何かを感じ、乙女はその後を追った。

霊岸橋の上で少女に追いついた。

「ちょっと待って」

乙女が背後から声を掛けると、少女は躰を強張《こわば》らせるようにして歩を止めた。顔を伏せている。

乙女はその前に廻り込み、小十手をちらっと見せると、

「急に呼び止めてご免ね。わたし、お上《かみ》御用をやってる乙女っていうの」

「……」

曖昧《あいまい》に会釈《えしやく》をするが、少女の目は怯《おび》えている。

少女は髷《まげ》をふくら雀《すずめ》に可愛く結い、それに地味なかんざしを一本挿している。色は浅黒く、目鼻はまだ子供のもので、頬がぷっくら鞠《まり》のように膨らんでいる。紺無地のお仕着せに担ぎ荷のその姿を見れば、ひと目で商家の女中と知れた。

「あなた、今の土左衛門に驚いてたみたいだけど、知ってる人？」

乙女が揺れ動く少女の表情をじっと見ながら言った。

「あ、いえ、その……」

少女はどぎまぎとし、狼狽《ろうばい》している。

「知ってる人だったら教えて」

「え、でも、あたしは」

「お願い、迷惑はかけないから」

乙女が本気のような声を出したので、少女はそれで恐ろしくなったのか、少し後ずさって、

「いいえ、いいえ、知りません。知ってる人に似ていたけど、違いました」

乙女は内心でこの子は何か知っているなと思いつつも、

「そう、わかったわ」

「すみません」

「念の為にお店《たな》と名前、聞かせて」

それには少女はすらすらと答えて、

「音羽町の薬種問屋、韮屋に奉公してる春といいます」

「お春さんね」

と言い、乙女は話題を転じて、

「薬は売れた？」

にっこり笑って聞いてみた。

「ええ、今日はよく売れて、早くお店に帰っておかみさんに自慢したいんです」

嬉しさを隠しきれないお春を見て、乙女はこの子は純な子だなと思った。

「それじゃ、寄り道しないで早くお帰りなさい」

「はい」

お春が橋を渡って立ち去った。

　そこへ伊佐山がぶらりと寄ってきた。

「どうしたい、何かあったのか」

「いえ、何も」

　お春のことを告げる気はなかった。

「仏はどうですか、何かわかりましたか」

「刃物で腹をひと突きだ。それでもって河岸をふらふら歩いてきて、ひとりで川に落ちたんじゃねえかな。争ったような跡はまるっきりねえんだ」

「身元のわかるようなものは」

「何もねえ。手拭いが一本に紙入れだけで、その中身はびた銭《せん》ばかりだ」

「それじゃ、聞き込みに廻ります」

「ああ、頼まあ」

　それで二人は右と左に別れた。

三

　しかし聞き込みの成果はなく、乙女は夜の六つ半（七時）になって南茅場町の大番屋へ戻ってきた。

伊佐山と小吉、下っ引きたちも疲れ切った顔を寄せ合っている。

「おう、ご苦労さん。耳よりな知らせはねえかい」

伊佐山が聞くのへ、乙女は首を横にふって、

「身元はまだ知れませんか」

「ああ、さっぱりだ。そこいらに居そうな奴だったから、すぐにでも素性はわかると思ったんだがよ、めえったぜ」

「旦那、死げえの顔絵を描いて明日から貼り出しましょうや」

小吉が言う。

「そうだな。仏の正体がわからねえことには手も足も出ねえもんな」

戸口に訪ねる人があるらしく、その応対に出ていた小者があたふたとやってきた。

「伊佐山様、自訴《じそ》です」

「なんだと」

自訴と聞いて、全員が色めき立った。

「よし、こっちへ連れてこい」

伊佐山に言われた小者が、やがて商家のかみさん風を伴ってきた。

女は三十過ぎのやつれ切った感じで、表情も暗く、なりふりも構ってない様子だ。

「まず素性を言いな」

伊佐山が言うと、女はその前に膝まづき、

「あたしは川瀬石町《かわせこくちょう》の荒物屋、角屋の家内で谷《たに》といいます」

川瀬石町は日本橋の南で、本材木町三丁目と南油町の間にあり、現在地とは目と鼻の距離だ。

「それで、おめえは何をやったんだ」

伊佐山が言った。

「亭主を刺しました」

お谷の声は低く、聞き取り難《にく》い。

全員が騒然となった。

乙女が鋭い勘を働かせて、

「あなた、もしかして霊岸橋の土左衛門のおかみさんじゃありませんか」

するとお谷が青い顔を上げ、

「えっ、土左衛門……」

「ええ、二刻（四時間）ほど前に、腹を刺された男の死骸が引き上げられたんです」

死骸は奥の石畳の上に寝かせてあるので、それでお谷と全員がそこへ移動した。

「ああっ、おまえさん」

お谷が死骸と対面するなり取り縋《すが》り、

「間違いありません、うちの人です」

大泣きを始めた。

全員でお谷を取り囲むようにして、

「どういうこった、事のしでえをはなっから言ってみろ」

伊佐山が言った。

お谷は手拭いで泪を拭き、嗚咽《おえつ》を怺《こら》えて語り出した。

それによると、荒物の稼業がこの数年で思わしくなくなり、亭主の茂助《もすけ》は仕事に身を入れなくなった。やがてその損失を博奕《ばくち》で取り戻そうと、泥沼に嵌《は》まった。

だが借金は嵩むばかりで、夫婦の間は冷え込み、すべてが悪くなる一方であった。そんな状態夫婦喧嘩は険悪をきわめ、たがいの間には憎しみしかないようになった。そんな状態がずっと続いていた。

それが今日の昼になって、茂助が珍しく稲荷鮨《いなりずし》の折詰を持って外から帰ってきた。

稲荷鮨はお谷の好物なのだ。

それをお谷にくれると、茂助はまたふらりとどこかへ出て行った。

お谷は稲荷鮨を二つ食べ、三つ目を手にしたところで妙なことに気づいた。三つ目のそれにだけ、鮨飯のなかに変な色のものが混ざっていたのだ。それをつまみ出して金魚に与えると、たちどころに金魚は腹を見せた。

危うく毒殺されるところだったのだ。

お谷はそれで逆上し、包丁をつかんで家をとび出した。

茂助は近所に居て、町内のろくでもない連中と小博奕を打っていた。

家のなかから、「細工は流々、仕上げを御覧《ごろう》じろ」と言う茂助の声が聞こえた。

それでまたお谷は頭に血が昇った。それは博奕のことではなく、自分の死ぬのを楽しみに待っているように聞こえたのだ。

博奕が終わるのをじっと待ち、すってんてんになった茂助が家から出てきたところで、腰だめにした包丁でぶつかって行った。

包丁は腹にぐさりと突き刺さったが、茂助はその時は平気な顔をしていた。

「おまえさん、あたしに一服盛るつもりだったね」

お谷が言うと、茂助は舌打ちして、

「畜生、あの野郎偽もんをつかませやがったな」

と言ったが、お谷にはなんのことかわからなかった。

それからお谷のことなど忘れたような顔をして、茂助はどこかへ歩き去った。

お谷は追わずに包丁を懐にしまい、家へ帰った。幸い見ていた者は居なかった。

だがいつまで経っても茂助が帰ってこないので、もしや疵《きず》が深くなってどうにかなったのかと思い、あちこちを探し廻った。それでも茂助は見つからないので、自分のしたことが恐ろしくなり、それでこうして自訴してきたのだと言った。

茂助が川に落ちて死んでいたとは、露知らなかったと言う。

「これで亭主を刺しました」

お谷が懐から手拭いに包んだ包丁を差し出した。

話の筋は一応通っているので、誰も疑問を挟まなかった。

だが乙女はどうしても腑に落ちない。

「金魚が死んだ毒、なんだと思いますか」

お谷に聞いてみた。

「さあ……」

わからないと、お谷は首をふる。

「じゃ鮨飯の毒とやらは、どんな色をしてました」

「黄色いような、茶色のような、変な色でした」

「その毒、ご亭主はどこから手に入れたんでしょう」

それにもお谷は、知らないと答えた。

伊佐山が失笑して、

「乙女、もういいだろう。どんな毒で、どっから手に入れたかなんて、もはや死人に口なしなんだぜ」

「ええ、そりゃそうですけど……」

「乙女ちゃん、この一件はこれでおしめえだよ」

小吉が乙女の肩を叩いて言った。

乙女は何かを言いかけてやめ、天井を睨んだ。

「おめえ、よく自訴してきたな。その辺、酌み取ってやるぜ」

「恐れ入ります」

「何も食ってねえんだろう、今温ったけえうどんをこさえてやらあ。こいつがよ、大番屋名物でうめえんだ」

自訴の相手に伊佐山はやさしく、それにほだされたのか、お谷がまた声を詰まらせて泣いた。

乙女ひとりだけ、物思いだ。

四

その日は朝から嫌なこと続きだった。

店を開けるなり、富島町二丁目のお得意が怒鳴り込んできた。

それはお春の受け持ちで、お春が感冒薬《かぜぐすり》と腹薬《はらぐすり》を取り違えたのだ。

お甲が平身低頭して謝り、それでお春は浪六に頭を二つ三つ殴られた。

それから女中部屋に置いてあったお春の巾着から、金米糖《こんぺいとう》の紙包みが盗まれた。悲鳴を上げそうになった。下手人はあいつしか考えられなかった。福松をとっちめると、盗み食いをしたことを白状した。わずかなびた銭を貯めて折角買った金米糖だったので、悔しくてならなかった。まだひと粒も食べてなかったし、それがみんな福松の腹に収まってしまったのだ。実の弟だったら殺してやるところだった。

気を取り直して店の表で打ち水をしていると、身を屈めたお春の前に十七、八の見たこともない娘が立った。

「おかみさん、居るかえ」

若いのに横柄《おうへい》な口の利き方をするので、それでまずお春はむっとなった。

娘は安物のふり袖を着て、一見お嬢様風だが、育ちの悪さが顔に表れていかにも蓮《はす》っ葉《ぱ》だった。器量も裏通りのどら猫みたいで、お春は自分の方がずっとましだと思った。

「あの、どちら様ですか」

お春が聞くと、娘はふんと鼻で嗤《わら》って、

「おまえなんぞに名乗るものか」

そう言って、ずかずかと店のなかへ入って行った。

お春が追いかかると、

「お玉《たま》ちゃんじゃないのさ、いったいどうしたんだい」

と言うお甲の声がした。

それでこの家の親戚か何かだと思い、お春は放っとくことにした。

それにしても感じの悪い人だと思ったが、気にしないで裏手で桶を洗っていると、
福松が寄ってきた。

「お春さん」

「何よ。今日はあんたとは口を利かないつもりよ」

金米糖を盗み食いされた恨みは消えていなかった。

「おかみさんの身内の人が転がり込んできたぜ」

お春はさっきの娘のことだと思い、

「お玉さんていうんでしょ、さっき会ったわよ。おかみさんの身内なのね」

「おかみさんの兄さんの娘だって。とてもやさしくていい人だ」

「どこがいい人なのよ」

「おいらのことを可愛いと言ってくれて、黒飴をひとつくれた」

「それでいい人だと思うの」

「甘いものをくれる人はみんないい人だ」

「じゃあたしは上げないから悪い人ね。盗まれたんだから」

「根に持つなよ」

「持つわよ。寝る前の楽しみにしてたんだから。この金米糖泥棒っ」

福松は忍者のように身をひるがえした。

それから昼になって、女中三人は台所で湯漬けを食べていた。

お甲が出陣の前だから腹ごしらえをしておけと言い始め、お春、お君、お道はかならず出商いの前はそうすることにしていたのだ。

話題はお玉のことでもちきりだった。

「お玉さんて、派手好みみたいね」

そばかすだらけのお君が言う。

「そうそう、それにあの人、あまり品がよくないわよ。二十歳はとうに過ぎてる感じなのに、まるでおぼこぶっちゃってさ、人によって態度を変えるのよ」

お道がにきび面をひん曲げて言う。

「どう、変えるのよ」

お君が興味津々《しんしん》で聞く。

「あたしたちにはつっけんどんだけど、番頭さんや幸助《こうすけ》さんには愛想がいいの」

幸助というのは手代頭で、次の番頭を約束されていた。

「ふうん、嫌な女ね」

「鼻持ちならないわよ。おかみさんはいい人なのに、どうしてあんな身内が居るのかしらねえ」

そこで初めてお春が口を挟み、

「ねっ、お玉さんはなんだってここへ転がり込んできたの」

お君はお道と見交わすと、むふっと笑い、

「お玉さんに縁談が持ち上がったんだけど、その相手の人が気に入らなくて逃げ出してきたようなのよ」

「ああ、そういうこと」

お春が得心する。

「その相手の人、逃げられて幸いだったんじゃないの。だってあんな人、貰い手ないはずよ」

お道が言い、お君も「まったくだ」と言って笑い合った。

この先あのお玉とおなじ屋根の下で暮らすのかと思うと、お春は気が重くなった。

五

霊岸橋へ差しかかると、橋の上で昨日の娘岡っ引きがぶらついていた。

それを見て、お春は踵《きびす》を返そうとした。

だが乙女がすぐにお春を見つけ、駆け寄ってきた。

「お春さん」

お春は困ったような顔になって、

「まだ何か御用ですか。あたし、これからお得意先を廻らないと……」

「わかってるわ、手間は取らせないわよ」

そう言って乙女はお春をうながし、橋を東へ渡り切って、富島町一丁目の路地裏へ誘い込んだ。背後は稲荷で人けはない。

「昨日の、殺された土左衛門のことなんだけど」

「はい」

お春は乙女と顔を合わさないようにしている。こんな若い娘岡っ引きなんて、信じられなかった。自分とそんなに歳が離れているとも思えないのに、落ち着いていて、世馴れていて、どこか腹が据わっているようにも見える。どうしたらこんなになれるのかしら。それとも自分はよほどの田舎者なのか。この人のようになれたらどんなにいいかと、憧《あこが》れと眩《まぶ》しさで、お春は乙女とまともに顔を合わせられないのだ。

「身元が知れてね、男は川瀬石町の角屋という荒物屋の主人だったのよ。下手人はそのかみさんで、夫婦仲がこじれた末の出来事だったの」

お春はうつむいたままでうなずく。

「かみさんが亭主を殺すきっかけは、一服盛られそうになったからなのよ。それで逆上してしまったのね」

「一服、盛られそうに……」

「そう。事件はそれで一応片づいたんだけど、わたしだけちっともすっきりしないの」

「はあ」

初めて乙女の貌《かお》を見た。化粧っ気はないものの、目鼻立ちの美しい人だと思った。

「問題は亭主がどこから毒を手に入れたか、なのよねえ」

「あ……」

お春の心の臓が高鳴った。

「あなた、昨日は似てる人と間違えたって言ってたでしょ」

「……」

「本当は違うんじゃない、角屋の主《あるじ》を知ってたんじゃない」

「……」

「お春さん、あなたのことは誰にも言ってないわ。この先も言うつもりはないし、ちょっと番屋まで、ということもしたくないの。だから知ってることがあったら、ここでわたしにだけ打ち明けて」

「でも、あたし……」

　乙女のことは決して嫌いではないが、お上の人と関わりを持つのは嫌だった。それに旦那さんと角屋が会っていたことを、言っていいものなのかどうなのか、判断がつかなかった。旦那さんの名を出すことによって、どんな難儀がふりかかるか知れやしない。おかみさんだって困るだろうし、そんなことになったら大変だ。お店を裏切るようなことは金輪際《こんりんざい》出来ない。

「乙女さん、あたし、本当に何も知らないんです」

　精一杯、動揺を抑えながら言った。

「そう……」

　乙女の表情に落胆が広まった。

「わかった。引き止めてご免ね」

「い、いえ、それじゃ……」

　お春はぺこりと頭を下げ、急いで立ち去った。

　乙女はその背を見送り、つぶやいた。

「いい子ねえ、あくまで忠義者なのねえ」

六

その日はあまり薬が捌けず、お春は重い足取りでお店へ帰ってきた。

お君とお道はよく売れたらしく、喜々とした声で帳場のお甲に報告している。

「おかみさん、すみません。今日ははかばかしくなくて」

お春はお甲に頭を下げた。

「いいんだよ、出商いなんていい日と悪い日のくり返しなんだからさ」

お甲はそう言ってくれたが、お春は申し訳ない気持ちでいっぱいだ。

実は得意先を幾つか省き、今日は道端に座り込んで考えに耽《ふけ》っていたのだ。

乙女の言葉が頭を離れなかった。

「かみさんが亭主を殺すきっかけは、一服盛られそうになったからなのよ。それで逆上してしまったのね」

「問題は亭主がどこから毒を手に入れたか、なのよねえ」

それを聞いた時、どうしてあんなに心の臓が高鳴ったのかしら。

その答えはすでにお春のなかに出ていた。

角屋が毒薬を調達したのは、この韮屋ではないのか。旦那さんがそれを渡した張本人ではないのか。

思い返せば、これまでにも変な客は時折りあったのだ。

その度《たび》に与三郎は絵師の関係とか、俳諧《はいかい》の筋の人だとか、お甲や店の者に言っていたような気がする。

だがあのおちぶれた角屋の様子からは、とても風流を楽しむような人には見えない。

そんなことぐらいは、十四歳のお春にもわかるのだ。

薬種問屋だから、毒薬の調達はお手のもののはずだ。

――旦那さんが怪しい。

しかしそう考えるとお春はたちまち恐ろしくなって、目の前が真っ暗になりそうになった。旦那さんの手が後ろに廻るようなことにでもなったら、韮屋はもう駄目だ。主がそうなれば商いどころではなくなる。おかみさんが可哀相だ。なんとかしなくては。旦那さんに毒薬売りをやめさせなくては。

店横の小部屋に閉じ籠もり、お春が塞ぎ込んでいると、福松がひょっこり顔を出した。

今はこの愚弟の顔を見たくなかった。

「お春さん、表に誰かきてるよ」

「もう店仕舞いしたんだから、明日きて下さいって言うのよ」

「それが……」

「それくらいの応対が出来ないの。あんた、何年小僧やってるのよ。この役立たずの無駄飯食い。言われた通りにしなさい」

八つ当たりのようにして言った。

それで福松は口を尖《とが》らせて出て行ったが、その後でお春は妙な胸騒ぎを覚えた。

今頃くる客なんて、おかしい。

――もしや、毒を買いに。

じっとしていられなくなって、店へ駆け出た。

表戸が閉められ、潜《くぐ》り戸越しに福松が表の客ともごもご話していた。

その福松を押しのけ、お春は外へ顔を突き出した。

夕闇のなかに、あでやかな小袖を着た商家の内儀風の女がひっそりと立っていた。

鼻筋の通ったきれいな顔立ちだが、女は血色がすぐれず、お春の目にはやつれた病人のように見えた。

「あの、今日はもう仕舞いなんですけど」

「ご主人に用があってきました。取り次いで下さいな」

見かけと違って女の声には張りがあった。

やはり毒薬を買いにきたのだと、お春は確信して、

「いえ、でも、あの……」

なんとか断ろうと必死になるが、うまい言葉が出てこない。

もどかしく思っているところへ、番頭の浪六がやってきた。

「手前どもの主に御用なのですね」

福松がそうされたように、お春を押しのけて浪六が言った。

「はい。あたしは小田原町の湊屋《みなとや》の家内でございます」

女が素性を明かした。

毒薬を買いにきたくせに堂々と名乗るなんてなんて女だ、とお春は内心憤《いきどお》った。

浪六が女を引き入れ、上がって行った。

お春は頭のなかがこんがらがって考え込んでいると、福松がその顔を覗き込んで、

「どうしたんだ、お春さん」

「なんでもないわよ」

「今の人、きっと魚屋だぜ」

「どうしてわかるの」

「日本橋の小田原町っていったら大抵そうだろう。それに今の人の躰から少し魚の臭いがした」

「魚問屋のおかみさんなのね」

「そうは見えねえよな、とってもきれいな人だ。おいらのおっ母さんより別嬪《べっぴん》だよ」

福松の母親ならどうせおかめ顔なんだろうと思っていると、お客様にお茶だと、廊下の向こうから浪六が言った。

奥の間へ茶を持って行くと、角屋の時とは違って、与三郎と女客は和やかに語らっていた。

お春は意外な思いがした。

「そりゃあんた、女の細腕で魚商いを取り仕切るのは大変だ」

「ええ、でも親の代からずっとそうでしたから、それほど苦ではないんですよ。只ちょっとばかり、このところ疲れ易くて」

「旦那さんの分も働いてるんだから、疲れて当然でしょう」

お春が二人に茶を置いて立つと、与三郎は手文庫のなかから赤と白の薬包紙《やくほうし》を取り出した。

それにちらっと目をやりながら、お春は無言で頭を下げて部屋を出た。

そして廊下で佇んでいると、

「いいですか、赤い包みが旦那さんの方で、白いのがおまえさんです。お間違いのないように」

と言っている与三郎の声がした。

それを後にして、お春は台所へ戻った。

朋輩たちは飯を済ませ、お春の分だけが置いてあった。

だがお春は飯どころではなく、またそこで考え込んだ。

内儀の旦那は臥《ふ》せっているらしく、赤い包みの薬を呑み、彼女も旦那に代って働いていて疲れているので、これから白い包みの薬を呑むようだ。

赤い包みにはきっと毒薬が入っていて、内儀は亭主を殺そうとしているに違いない。

お春は戦慄《せんりつ》した。

与三郎の悪事を止めさせなくては。それに湊屋の主人とやらも死なせてはならない。

――なんとかしなくては。

しかし問題が大き過ぎて、お春の小さな胸ははち切れそうだ。

頭を抱え込み、お春は懊悩《おうのう》した。

七

おなじ頃――。

ねずみ屋の小上がりでは、乙女、右近、為五郎が寄り集まっていた。

店には珍しく数人の客が居て、折角右近がきているのに侍《はべ》ることが出来ず、駒吉はやきもきしながら相手をしている。時折り右近の顔が駒吉の方を向くとひらひらと手をふるが、右近は気づかない。

「どうだった、為さん」

乙女は為五郎に、韮屋の内情調べを頼んだのだ。

「韮屋は主の与三郎が興した店で、音羽町で商売を始めて七年目になる。薬の行商人だった与三郎が店を持てるようになったのは、女房のお甲の実家から援助を受けたお蔭らしいぜ」

「おかみさんの実家は物持ちなの？」

「築地の方で鰹節問屋《かつおぶしどんや》をやっている。親父は隠居して、お甲の兄で総領の新五郎《しんごろう》ってのが跡を継いで手堅くやってるようだよ。新五郎にゃお玉ってわがまま娘が居てな、こいつが縁談を嫌って家を出て、今は韮屋に転がり込んでるんだ。お甲としても兄貴の娘だからそう邪険にも出来ず、与三郎の許しを得て居候《いそうろう》さしてるのさ」

「そんな娘さんのことはいいから、毒薬の方はどうなのよ」

「薬種問屋なんだ、毒薬なんぞはどうにでもなるだろう」

二人のやりとりを黙って聞いていた右近が、そこで口を挟み、

「韮屋の誰かが毒薬を横流ししているのではないかと、乙女さんはそう考えるんだな」

「はっきり言ってそうなんです。角屋の亭主は韮屋で毒薬を手に入れて、それで女房を殺そうとしたんじゃないかと」

「その根拠はなんだ。そもそもどうして韮屋に目をつけたのだ」

さすがに右近様はいい所を突いてくると思い、

「そこなんですけど、実は……」

そこで乙女は口外したくなかったのだと断っておき、韮屋女中のお春のことを初めて告白した。

「その子はなんの罪もないんですよ。けど何かお店のなかの秘密を知ってるような気

がするんです」

「だったらおめえ、その女中を呼び出して聞いてみたらいいじゃねえか」

為五郎が言う。

「それとなく聞いたんだけど、すんなり言わないのよ。お店の為を思っているらしく、ともかく知らぬ存ぜぬの一点張りで、忠義者のいい子なのよ」

「本当にいい子なのか」

「いい子よ」

「わからねえぞ、近頃の小娘は猫被ってるのが多いからな。乙女ちゃんは別だけどよ。少しばかり脅してみたらどうなんでえ」

「それはよくないわ。その子はとっても純だし、わたしとしても番屋へ呼びつけたりはしたくないの。なるべくならそっとしといてやりたいのよ」

「しかし薬種問屋がひそかに毒薬を横流しをしているとしたら、事は重大だぞ、乙女さん」

右近が言った。

「それはまあ、よくわかってるんですけど」

毒薬密売の事実をほかにつかむ手はないものかと、乙女が二人に聞いた。

為五郎が腕組みして、

「お店のなかのことは、外のもんにゃ見え難いからなあ」

「乙女さん、問題は誰が毒薬を扱っているかということだな」

「それは主立《おもだ》った何人かに限られると思いますよ。主、おかみさん、番頭、その下といっても精々手代頭ぐらいまででしょう」

「為五郎、主の与三郎というのはどんな男なのだ」

右近が問うた。

「それが一風変わった男でしてね、絵や俳諧が好きで、商売の方はもっぱら女房に任せっきりらしいんですよ。お甲がしっかり者だから安心してるんでしょうが」

「俳諧か……どうやらその辺りに突破口がありそうだな」

八

日本橋の北、日本橋と江戸橋の間の北側に魚河岸はある。

その地積《ちせき》は三千九百四十六坪で、魚市場の立つ河岸地は五百十四坪だ。

そこは江戸一番の繁華な所といっても過言ではなく、魚問屋の小間一間につき、日におよそ千両の売り上げがあるといわれている。

本船町《ほんふなちょう》、小田原町、安針町《あんじんちょう》には魚問屋が建ち並び、遠近の浦から運ばれてきた鮮魚を求め、日夜数千人の人間がうごめく。それは町人階級だけに留まらず、武家も僧侶も出入りをするのだ。

小田原町にある魚問屋の湊屋は老舗《しにせ》の部類に入る大店《おおだな》で、雇い人も百人近くの大所帯である。さらに湊屋は幕府御用達《ごようたし》の金看板《きんかんばん》だから、数多《あまた》ある同業を圧していた。

しかし主の清兵衛《せいべえ》はこのところ躰の不調を訴えて病臥《びょうが》しており、今はその内儀のお慶《けい》が代って湊屋を支えていた。

その日もお慶は朝も明けぬうちから市場で差配につとめ、昼前になる頃に店へ戻って、自室で小憩《しょうけい》を取っていた。昼過ぎからまた働かねばならないのだ。

そこへ大番頭の伊助《いすけ》が呼びにきた。

「女将《おかみ》さん、旦那様が呼んでおられます」

四十になる伊助は赤ら顔でずんぐりむっくりした男だ。

「おや、そうかえ。番頭さん、うちの人の塩梅《あんばい》はどうだい」

「あまりはかばかしくございません。朝から何も召し上がらないので心配しております」

「そりゃよくないね。わかりました、今行きますよ」

そう言っておき、お慶は台所へ立って粥《かゆ》を煮込み、清兵衛の居る風通しのいい離れへやってきた。

清兵衛は夜具に横になり、風に吹かれてぼんやり庭を眺めていた。

風鈴の音が涼気を誘っている。

清兵衛の顔色は青白く、元々痩身《そうしん》だからそれがより細くなり、また一段とやつれたようにも見えた。

お慶は清兵衛の枕頭《ちんとう》に侍ると、

「おまえさん、どうしました」

「どうだえ、店の方は。そのことがどうしても気になってね」

「相変わらずのてんてこまいですけど、おまえさんは気にしないで養生につとめて下さいな。店はあたしと伊助とできちんと支えてますから」

「すまないねえ、あたしのこれは怠け病みたいで気が引けてならないんだよ」

「何言ってるんですか、夫婦じゃありませんか。病いは気からって言いますからね、しっかり食べるもの食べてそんな弱気は追い払って下さいよ」

お慶に励まされ、それから清兵衛は半身を起こして粥を食べ始めた。

清兵衛はひと月ほど前からわけもなく躰がだるくなり、気力も萎《な》え、どの医者へ行っても原因がわからず、このようにして寝たきりの状態を続けていた。

粥を食べ終える頃、お慶は赤い薬包紙に茶を添えて差し出した。

「これ、貰ってきましたよ」

「おお、取ってきてくれたかえ。韮屋はすぐにわかったろう」

「すぐにわかりましたけど、行ったのが日の暮れだったので、店の者に変な顔をされちまいました」

「そりゃ無理もない。しかしおまえの躰の空くのは夕方だから仕方ないよ」

それで清兵衛は赤い包みを開き、白い粉薬を呑んだ。

お慶はそれを見届けるかのように、清兵衛の手元をじっと見ていた。


それからお慶は台所へ行くと、与三郎から貰った白い薬包紙を帯の間から取り出し、それを水で呑んだ。

清兵衛も病身のようだが、お慶もこのところの激務で疲労困憊《ひろうこんぱい》していた。血色が悪く、亭主とおなじようにやつれているのが、自分でもわかっていた。

「そのことを与三郎に伝えると、よい気付《きつ》け薬があるからと、白い包みをくれたのだ。

中身は清兵衛の呑んだ白い粉薬とよく似ていた。

それを嚥下《えんか》すると、本当に疲れが取れるような気がした。

九

日が落ちる頃、不忍池《しのばずのいけ》の畔《ほとり》にその一団は群れ集った。

そして夕暮れの風情《ふぜい》を楽しみながら池をひと巡りし、やがて永昌寺という寺に落ち着いた。

寺の離れを借りてまずは腹ごしらえとなり、夢楽庵《むらくあん》という門前の蕎麦《そば》屋から蕎麦を取り寄せた。男が七人で、女が三人である。階層は商家筋の人間がほとんどだった。

素人《しろうと》の集まりだから気が置けず、一同の表情も終始穏やかである。

座長をつとめるのはどこぞの番頭らしく、赤ら顔にずんぐりむっくりのその姿は円満そのもので、人々の心をやわらげた。

酒を楽しみながら蕎麦を食べ、右近は泰然《たいぜん》とした様子で座に溶け込んでいた。

その前には韮屋与三郎が座っている。

与三郎がたったひとりで俳諧をひねっているとは思えないので、その周辺を調べ、彼が苦吟会《くぎんかい》という同好の集まりを持っていることを突きとめた。

そこで乙女も助力して苦吟会の顔ぶれを洗い出すと、そのなかに乙女の知り合いの商家の内儀が居ることがわかった。まさに千載一遇《せんざいいちぐう》の好機であった。

その内儀は神田小川町の鉄問屋三島屋《みしまや》お桑《くわ》といい、以前にならず者から店が難儀を受けた時、乙女が助けたことがあったのだ。

そのお桑に乙女が頼み込み、右近が入会したい旨《むね》を伝えた。それでお桑が座長に掛け合ってくれ、右近は今宵《こよい》の吟行《ぎんこう》に参加したのである。

右近の狙いは、むろん与三郎だ。

だが接してみると、与三郎は思いのほか穏やかな人柄で、とても毒薬を密売しているような悪人には思えない。

しかしたとえ与三郎が悪人ではないとしても、右近は俳諧そのものが趣味だから、こうして泰然としているのである。その自然体がまた一座に受け入れられ、武家が参加しても誰にも違和感は持たれなかった。

大身《たいしん》旗本家の三男として生まれ、部屋住みという無為な立場からの脱却を計り、右近はある風変わりな道を選んだのである。

右近とおなじ立場の他の多くの者たちは、なす術《すべ》のないその境地から遊惰の道へ転落していくのがほとんどなのだが、彼はそれをよしとせず、隠居した老旗本たちを束ね、その面倒をみることにしたのだ。

老旗本たちの供をして、風雅を愛《め》で、これまで吟行もすれば旅にも出た。

酒や女に溺れることなく、頑固な老人たちを相手にしている方が、やや浮き世離れのしたこの男には合っていたのだ。

不忍池を巡っている時は素知らぬ風であったのが、この離れへきてからというもの、与三郎は座長の男と膝を交え、何やらひそひそと密談を始めた。

それが気になり、右近はお桑の近くへ席を移ると、座長の身分をひそかに問うた。

「あの人は伊助さんと言いましてね、小田原町の湊屋さんの大番頭なんです」

お桑が声をひそめてそう言った。

周りがざわついているから、二人のやりとりは気にならなかった。

「小田原町の湊屋……」

「有名な魚問屋の老舗ですよ」

「そうか」

やがて座長の伊助が一座を見廻し、

「それでは皆さん、そろそろひとつひねって貰いましょうか。今日は無題ということにして、思いのままにやってみて下さい」

座がざわめき、そしてしんとなり、一同が筆を取って短冊に俳諧を書き始めた。

「まずは初見参《はつけんざん》の袴田《はかまだ》様、あなた様のものからご披露《ひろう》させて頂きますよ」

「うむ、然るべく」

右近が書き終えた短冊を手渡し、伊助がそれを読み上げた。

「赤子泣く　月下の門を　よぎりけり」

伊助はなるほど、と言って膝を打ち、

「そういえば、最前《さいぜん》山門で赤子の泣き声がしましたな。それを早速取り入れたのでございますね」

右近が面映《おもはゆ》そうにうなずく。

すると商家の主風が、季語《きご》はどこにあるのかと言った。

「季語は月下の月です。俳諧では月は秋の季語なんです。まっ、もう少し奥行きと風情が欲しいところですが、袴田様、なかなかのものじゃございませんか」

「いやいや、恐縮の極みだ」

それからおのおのの句が読み上げられ、伊助が寸評を添え、雑談を交した後に散会となった。

右近は一団よりひと足先に山門を出て、暗がりに潜んだ。

銘々《めいめい》が三々五々散って行くなかで、与三郎と伊助が肩を並べて歩き出した。最前からもそうだが、二人はかなり親密な様子だ。

右近が闇から姿を現し、気どられぬように二人の尾行を始めた。

十

ぐっすり寝入っていた福松が、いきなり鼻をつままれてとび起きた。

そこは韮屋の小僧部屋で、忍び込んできたお春が怕い顔をしている。

他の小僧たちの鼾《いびき》が聞こえている。

「あ、お春さん」

「あれほど起きて待っててと言ったのに」

お春が押し殺した小さい声でなじる。

福松もつられて声を落とし、

「すまねえ。あんまりくるのが遅えから、つい寝ちまったんだ。今まで何やってたんだよ」

「色々と片づけものがあったのよ。それにみんなが寝るのを待ってたの」

お春の言うように、家のなかはしんと静まり返っていた。

「さあ、行くわよ」

「ほ、本気かよ」

尻込みする福松に、お春は舌打ちして、

「まったく、度胸のない奴はこれだから駄目ね。いざとなるとそうやって意気地がなくなるんだから」

「けどよ、こんな夜中に旦那さんの部屋に勝手に入って、もし誰かに見つかったらどうするんだ」

「その時はその時でしょ。ああ、もういい、あんたなんか頼まない。その代り一生口利かないからね」

「そ、そんなこと言わねえでくれよ、わかったよ、行くよ」

二人とも寝巻姿のへっぴり腰で、廊下の突き当たりにある与三郎の部屋を目指した。

お春の計略では、あの赤と白の薬包紙を盗み出し、それを外へ持ち出して中身を調べて貰うつもりでいた。

旦那さんはいつもの俳諧の会で出掛け、そういう夜は決まって帰りが遅いから、今宵こそが絶好の機会なのだ。

しかしお春ひとりでは心許《こころもと》ないので、福松を引き込むことにした。

旦那さんが毒薬をどうにかしているというような言い方は避け、妙な薬を持っていてそれがどうしても気にかかるのだと、曖昧な説明をしておいた。

福松がどこまでお春の話を理解したのかはわからないが、お春の腹心の家来は彼だけなのである。

そうして抜き足差し足で進んでいると、いきなり唐紙の開く音がした。

叫びそうになる福松の口をとっさに手で塞ぎ、お春は曲がり角に身を伏せた。

お甲が自室を出て、反対側にある厠《かわや》へ急いで行く。

夫婦は隣り合わせた別室で寝起きしているのだ。

「んもう、汚い奴ね」

福松の口から手を離したお春が、よだれで汚れたその手を彼の寝巻で拭った。

そうして与三郎の部屋へ入ると、真っ暗で月明かりだけだった。

お春が四つん這いになり、ごそごそと手探りして手文庫を探す。

「何やってるの、手伝いなさいよ」

鼻くそをほじくっていた福松が慌てて寄ってきて、

「何を探してるんだ」

「旦那さんの手文庫よ、いつもこの辺にあるのにないのよ」

「ああ、それならこっちだ」

福松が事もなげに言い、押し入れを開けて手文庫を抱えてきた。

お春がそれにとびつき、開けようとするが施錠されていた。

「駄目だわ、錠が掛かってる」

「錠前ならこっちだぜ」

福松が長火鉢の引き出しを開け、ひっかき廻す。耳掻きや爪切り鋏《ばさみ》に用はない。

「暗くてわかんねえや」

「頑張って」

「あ、こいつだ」

小さな錠前を見つけ、突き出した。

「あんた、よく知ってるのね」

「いつもこの部屋、掃除してっからな」

「あんたを仲間に入れてよかった」

「なんの仲間だ」

「正義の集まりよ」

「正義ってなんだ」

「うるさいわね、こんな時に。その鱈子《たらこ》みたいな口を縫いつけちゃうわよ」

福松が慌てて口を押さえた。

足音が近づき、お甲が隣室に戻ってきた気配がした。

お春と福松が目一杯の緊張を浮かべ、わなわなと見交わす。

お甲は布団に入った様子だ。

二人はきつく口を閉じ、月明かりに眼光だけを光らせ、お春が手文庫を開けた。

赤と白の薬包紙が几帳面に分けられ、並べられてある。

そのなかから赤と白をひと包みずつ取り出し、お春は細紐《ほそひも》の間にねじ込んだ。

手文庫を閉じ、元の押し入れへしまう。

それから二人はまた四つん這いになり、戸口へ向かった。

その時、廊下を大きな足音が聞こえてきた。

「旦那さんだ」

福松がまた叫びそうになった。

お春も絶体絶命だ。

隣室の唐紙の開く音がし、お甲が出迎えて、

「おまえさん、お帰り」

「ああ、遅くなった」

与三郎の声だ。

「お茶でも飲むかえ」

「そうだな」

お甲が部屋を出て行く音がし、お春はとっさに福松の腕をつかんで隣室へ入り込んだ。

お甲の寝乱れた夜具がそのままだ。

それと同時に与三郎が入ってきた。

与三郎が火打ちをしている音を聞きながら、お春はさらに福松を引っ張って戸口へすり寄った。

福松はがくがくと歯の根が合わない。

おかみさんがすぐにこの部屋へ戻ってこないのを、ひたすら祈るしかなかった。

やがて与三郎の部屋に灯りがつき、お甲がきて部屋の前を通り過ぎ、隣室へ入って行くのがわかった。

お春が福松を引き立て、部屋を出る。
そうして廊下を急ぎ、ようやく小僧部屋へ辿り着いた。
福松が怯えた小鼠のようにして布団に潜り込む。
「怖い思いさせちゃってご免ね」
一応は謝った。
「寿命が縮まったぜ」
「あたしもよ」
弟を寝かしつける姉の気分になり、それでお春は小僧部屋を出た。
女中部屋へ戻るのはまた大変だった。
さっきお甲から身を隠した曲がり角まで、無事に行けるかどうか不安が募る。
また抜き足差し足で進んだ。
話し声は聞こえないから、お甲はもう自室へ戻ったようだ。
そっと唐紙の開く音がした。
再びお春は曲がり角の暗がりに身を潜め、そこから目だけを覗かせた。
与三郎が足音を忍ばせ、小僧部屋の方へ向かって行く。
そして一室へ、その姿がすっと消えた。

「……」

子供心にも、お春は嫌な思いがした。

その一室にはお玉が寝ているのだ。

疑惑だけでなく、与三郎への思いに嫌悪も加わった。

十一

翌日の昼近くに、乙女、右近、為五郎は再びねずみ屋に集まり、小上がりで額を寄せ合っていた。

三人の註文を受け、板場では駒吉が腕をふるって深川飯をこさえている。

「で、右近の旦那、韮屋と湊屋の番頭はどうしたんだ」

為五郎が聞く。

「うむ、尾行はしたがどうということはなかった。二人ともそれぞれの家へ帰って行ったよ。しかしあの二人、どうもきな臭い。結託して何かを企《たくら》んでいるとしか思えんのだ」

「魚問屋の湊屋といったら音に聞こえてますよ。将軍家へ献上する魚は、ほとんど湊屋が取り仕切ってるみたいです」

　乙女が言う。

「そいつぁてえしたもんだな。だったらよ、身代《しんだい》も何万両になるんじゃねえのか。そこの番頭やってるような結構な身分の男が、いってえどんな企《くわだ》てをするってえんだ。罰当たりめえ」

　為五郎がやっかみで言う。

「それは湊屋の内情を調べてみないとわからないわねえ。たとえ御用達の金看板があっても、大店なりの裏事情があるのかも知れないし……」

　乙女が言うところへ、店へお春が入ってきた。担ぎ荷の出商い姿だ。

「あの、自身番で聞いてきたんですけど、ここに乙女親分は……」

　駒吉が応対するまでもなく、乙女が為五郎を押しのけて顔を出し、

「お春さん、ここよ」

　お春がぱたぱたと駆け寄ってきて、右近と為五郎の姿に一瞬萎縮するが、乙女へ向かってぺこっと頭を下げた。

「どうしたの、あなたの方からくるなんて」

「いえ、あの、ちょっとお話が……」

「いいわ、上がって」

この人たちはわたしの仲間なのよと言い、右近と為五郎を引き合わせて、お春を前に座らせた。

「なんだなんだ、もっとひねた小娘かと思ってたら滅法《めっぽう》可愛い子じゃねえかよ、乙女ちゃん」

為五郎が目尻を下げて言うのへ、乙女はそら見たことかという顔で、

「どう？　為さん。これで猫なんか被ってないってわかったでしょ」

「被ってるのは乙女ちゃんだったんだ」

乙女は為五郎を無視して、

「それで、今日はどうしたの？　お春さん」

「はい」

水を向けられ、お春が緊張するのがわかった。

「えー、その、何から話したらいいのか……あ、そうだ、角屋さんのことが先だわ」

乙女が身を乗り出して、

「角屋さん、やはり韮屋さんにきてたのね」

「ええ、きてました。嘘ついてご免なさい。そういう人はふつうのお客さんじゃなく

て、特別に旦那さんの部屋へ上がるんです。角屋さんもそうでした。それがその日に霊岸橋の河岸に土左衛門で上がったので、びっくりしたんです」

「わたしと初めて会ったあの日のことね」

「そうです」

「それじゃあなた、湊屋さんて名前聞いたことある？」

「ええっ、どうしてそれを……」

お春が目を見開く。

「知ってるのね」

「知ってるも何も、今日はそのお話できたんです」

「聞かせて」

右近と為五郎もぐいっとお春に見入った。

するとお春は堰《せき》を切ったかのように、

「湊屋のおかみさんも旦那さんの部屋へ上がって、何やら薬を貰ってました。あれはご亭主を殺そうとしてるに決まってます。旦那さんはそういう人に毒薬を分けてるんだと思います。これです、これが動かぬ証拠です」

帯の間から赤と白の薬包紙を取り出し、

「乙女親分、この中身を調べて下さい。あたしたち、死にそうな思いをしてやっとこさ旦那さんの部屋から盗み出してきたんです」

「まあ、お春さん」

乙女が欣喜《きんき》して赤と白の包みを受け取り、

「あなた、よくそこまで……でもちょっと待って、今あたしたちって言ったわね、ほかにこの秘密を知ってる人が居るの？」

「ああ、それは……福松という小僧があたしの家来なんです。それで福松にも手伝わせました」

「家来？」

「あたしを尊敬してるんです」

お春が大真面目に言うと、
束の間、三人の間に笑いが広まった。

「その家来に本当のことを話したのね」

乙女が聞く。

「詳しくは言ってません。大丈夫ですよ、まだ洟垂《はなた》れ小僧ですから」

そう言った後、真顔になって、

「あたし、旦那さんのやってることが嫌いです。おかみさんはとってもいい人なんです。こんなことをしてたら、韮屋はきっとよくないことになります。どうしても旦那さんの悪事を止めたいんです」

「あなたの気持ちはよくわかったわ。わたしがきっとそうしてみせる」

「よろしくお願いします」

お春は叩頭《こうとう》すると、これから出商いがありますからと言って出て行った。

「よおし、これを早速」

乙女が赤と白の包みをしまいかけるのへ、右近が待ったをかけて、

「乙女さん、それをどうするつもりだ」

「これを奉行所抱えのお医者さんに見て貰います」

「そうすると、伊佐山殿の耳にも入ることになるぞ」

「あっ」

「このことが表沙汰にでもなれば韮屋はとても只では済まん。町方の詮議が入ったらそれでしまいだ。お春は職を失うし、お春の好きなおかみさんとやらも悲しい目に遭う。ここは隠密裡に事を運んだ方がよかろう」

「はい、それは確かに。右近様のお知り合いでお医者さんは居ますか」

「幾らでも居るよ。父上も兄上も、長崎帰りの名医に知り合いが居る」

「それじゃこれは右近様にお願いします」

二つの包みを右近に託すと、

「為さん、ひとつ湊屋の内情を調べてみて」

「わかった。亭主を毒殺しようなんてとんでもねえ阿魔だぜ」

「ううん、まだそうと決まったわけじゃないわ」

「だっておめえ、たった今お春が」

「あの子の言うことを鵜《う》呑《の》みにしちゃ駄目よ。見た通りの子供だし、それに当て推量も入ってるわ。確かなことはこの二つの薬よ」

「そういうことだな」

右近が言って、二つの包みを大事そうに袂へ落とした。

十二

乙女はねずみ屋を出ると通り二丁目を北へ向かい、日本橋を渡って神田小川町《おがわまち》まで足を伸ばした。

鉄問屋の三島屋は大店で、鍛冶《かじ》や鋳物《いもの》の職人などが多数出入りしていた。鉄は朝鮮半島から渡来した金属であり、西国筋で砂鉄が豊富に採れる為、早くから精煉《せいれん》が行われた。それによって平安時代以後、刀剣、甲冑《かっちゅう》、農具にと、鉄の需要はわが国に広まったのだ。

お桑は帳場に居て、乙女が店土間へ顔を出すとすぐに愛想を浮かべて立ってきた。まずは右近を苦吟会へ世話してくれた礼を言うと、お桑も以前に乙女に助けられた礼をまたくり返した。

それから小部屋へ通され、お桑はみずから茶菓子を出してくれた。それは両国名物の幾世餅《いくよもち》で、直径二寸ほどの平たい丸餅の両面に餡《あん》をつけたものだが、元禄年間以来人気が廃《すた》れず、よく売れていた。ほかの餅菓子より値が高いから、それだけで三島屋の羽ぶりのよさがわかった。

「おかみさん、韮屋与三郎さんのことなんですけど」

「はい」

「苦吟会で集まってる折りに、何か妙なことはありませんでしたか」

「妙なこと？」

「韮屋さんは薬種問屋なだけに、たとえば妙薬があるとかなんとか、そういう誘いがなかったかどうか知りたいんです」

毒薬をひそかに売るには苦吟会は恰好《かっこう》の場だと、乙女は考えていた。

「はあ……」

お桑は少し思案していたが、やがてぱんと手を打ち、

「以前に、苦吟会に居た下り酒問屋の井筒《いづつ》屋さんが」

「その人がどうしたんです」

「いえ、あたしたちは詳しいことは聞いてないんですけどね、井筒屋さんて人は与三郎さんと仲違《なかたが》いして会を抜けちまったんです。妙薬がどうのという話とは違いますけど、そのことがいつもあたしの頭にひっかかってました」

「それって、一体どんな揉《も》め事があったんでしょう」

「それは誰も知らないんですよ。座長さんも首をひねってましたからね」

「その人、どこに行ったら会えますか」

下り酒問屋の井筒屋は神田駿河台下にあった。

竜蔵《りゅうぞう》というのが主で、乙女は店に居る番頭に身分を明かして竜蔵の在否を尋ねた。

その時、奥ののれんから顔を出した老人が乙女を見て慌てて引っ込み、ばたばたと

逃げて行く音がした。それが竜蔵らしい。

「待って下さい」

番頭への挨拶もそこそこに、乙女はとっさに店の奥を突き抜けて竜蔵を追った。

裏手は広い空地になっており、そこも井筒屋のものらしく、酒の大樽が幾つも転がっている。

竜蔵の姿はない。

じっと見廻していた乙女が、ひとつの横倒しされた空樽へつかつかと近づき、ひょいとなかを覗いた。

竜蔵がそこに子供のように躰を丸めて隠れていた。

乙女が失笑を浮かべ、

「竜蔵さんですね」

「竜蔵ならとっくに死んだよ」

「何言ってるんですか。わたしを御用聞きと知って逃げたようですね」

「すまねえ、何も言うな。もう二度とやらねえ」

手を合わせた。

「何か勘違いしてません？」

「ゆんべの賭場の手入れの続きじゃねえのかよ」

「そんなんじゃありませんよ」

「……なんでえ」

そう言って竜蔵はばつの悪そうな顔で樽から出てくると、それでも乙女に訝《いぶか》しい目をやって、

「だったら、おれになんの用だ。ほかに悪いことはしてねえぞ」

竜蔵の躰からはぷうんと酒の匂いがしている。

「苦吟会のことなんです」

「……」

竜蔵の目が一瞬険しくなり、急に不機嫌に口を尖らせた。

「苦吟会のことなら話すことは何もねえ」

「こっちは是非とも聞きたいんです」

「……」

竜蔵が樽に腰を下ろし、頭を抱え込んだ。

「思い出したくねえんだ、女房にすまなくてならねえんだよお」

乙女はその前に屈むと、

「口外はしませんから、話して下さいな」

「……」

やがて竜蔵が重い口を開き、語り出した。

それによると、竜蔵には去年の夏まで長患いの女房が居て、これが寝たきりで世話のかかり通しであった。飲み食いから下《しも》の世話までさせられ、竜蔵は何度も癇癪《かんしゃく》を起こし、家のなかは荒れていた。子は二人居たが、いずれも早世だった。

そんななかで苦吟会に出ることは女房のことを忘れられ、竜蔵にとって何よりの救いであった。俳諧をひねることは苦手だったが、気の置けない同好の士と吟行をしたり、飲食をすることがやすらぎになっていたのだ。

酒が入れば気も弛み、つい寝たきりの女房の愚痴を韮屋与三郎にこぼしてしまった。

「それは井筒屋さんが気の毒だ」

与三郎は同情するように言った。

そこで竜蔵がさらにあれこれと愚痴を並べると、黙って聞いていた与三郎がこう言ったのだ。

「おかみさんをやすらかにあの世へ行かせるよい薬がありますよ」

「やすらかに？」

竜蔵は信じられない思いで、竜蔵に問い返した。

「おかみさんだって井筒屋さんに迷惑をかけ通しなんだから、それを希んでるんじゃありませんか」

その時は酒が廻っていたせいもあって、与三郎の話に乗り気になってしまった。

だが翌日になると迷いが生じ、韮屋へ行くのをためらっていると、与三郎の方から訪ねてきた。

そして与三郎は薬包紙をひとつ、おもむろに差し出し、

「とりあえずこれを一服、おかみさんに呑ませるといいですよ。それからしばらく様子を見て、後はうちに取りにお出でなさい。急にぽっくり逝くと怪しまれますからね、この妙薬は徐々に弱っていくように、うまく出来てるんです」

あくまでやさしい表情を崩さずに言い続ける与三郎を見ていて、竜蔵は心の底から肝が冷えた。今まで苦吟会でしか会ったことはなかったが、この男はどういう人間なのかと疑惑を覚えた。

なかったことにしてくれと言うと、与三郎は人が変わったように怒り出し、そこで烈しい言い争いになった。

そうするうちに竜蔵はしだいに気が鎮まってきて、このままでは只では済まないよ

うな気がしてきた。それで与三郎に折れると見せかけ、薬を貰うことにした。与三郎は機嫌を直し、一両を要求した。こんな薬包紙ひとつに法外だと思ったが、元はと言えば酒席で口を滑らせた自分が悪いのだと思い直した。

薬はむろん女房に呑まさず、なかも見ずにどぶに捨てた。

その後二つまでをやむなく貰ったところで、女房が他界した。

薬はひと包みも呑ませなかったが、女房の死は竜蔵に責任があるように思えた。それ以来、おのれを責め続け、苦吟会にも出なくなった。

座長の伊助が訪ねてきて、何があったのかとしつこく聞くから、韮屋とちょっとばかり言い争い、それで会に嫌気が差したのだと言っておいた。

もう俳諧どころではなく、それで今まで足を踏み入れたこともない賭場などへも行くようになってしまったのだと、竜蔵は鬱々《うつうつ》たる思いを乙女に打ち明けた。

乙女もここまできた甲斐があったので、雀躍《じゃくやく》したいような思いだ。

「井筒屋さん、よくぞ打ち明けてくれましたね」

「そ、それで韮屋はどうなるんだ。ふん縛るのか」

「いえ、それはまだちょっと……」

「あんな奴、お縄にしなくちゃ駄目だぞ。おれのほかにも、あいつは実《まこと》しやかにほかの誰かに毒薬を売りつけてるに違えねえんだ」

「よくわかってます」

それで礼を言って去りかけ、乙女が念の為に聞いた。

「ところで井筒屋さん、その薬包みは何色でしたか」

「白だよ、白い紙包みだった」

「……」

乙女の形相《ぎょうそう》が一変した。

十三

右近が小机の上に、中身を開いた赤と白の薬包紙を並べた。どちらもおなじ白い粉薬である。

乙女の家の表では、日没を惜しむかのように子供たちが遊び廻っている。

二つの薬包みに、乙女、右近、為五郎の視線が注がれていた。

右近が大身旗本の父親に手を廻し、長崎帰りの権威ある御典医《ごてんい》に薬の分析を頼んだのだ。

「結果は意外なものであったぞ。赤い包みは単なる気付け薬、そして白い方こそ毒薬だったのだ」

「なんの毒薬ですか」

乙女が問うた。

「砒素《ひそ》だよ」

「……」

乙女の表情が引き締まった。

「ちょっと待ってくれよ、おれぁどうも頭がよすぎて、こういう時はこんがらがっちまう癖があるんだが、お春は確か白い方は湊屋のかみさん用だと言ってたよな」

右近が首肯し、

「そこなんだ、為五郎。われらも少なからずお春の思い込みの影響を受けていたのだよ。お春に女房が亭主を殺そうとしていると言われ、こっちもついその目で見ていた。だが本当のところは、亭主が女房を殺そうとしていたのだ」

「おなじこと言うけどよ、またちょっと待ってくれ」

そこで考え深い学者がそうするように腕組みし、

「うむ、そう言えばおれが調べてきたことでも妙なことがあるな。湊屋の女房は家つき娘で、亭主は入り婿なんだよ。最初は入り婿がひがんで女房を殺そうとしてるのかなと思ったんだが、女房は家つきを鼻にかける女じゃなくて、立派に亭主に尽くしてるって評判なんだよ。それにな――」

と言って、乙女と右近の耳目を集め、

「亭主はひと月ぐれえ前から具合が悪くなって、仕事を休んで寝たり起きたりしててよ、その分家つき女房が一生懸命に働いてるってんだ。そんな女がなんで亭主を毒殺しなきゃならねえのか、さっぱり解せなかったのよ。亭主が悪《わる》だってんなら、おれの頭もこれですっきりするぜ」

乙女がじっと一点を見ながら、

「亭主の病気はもちろん仮病《けびよう》ね。それで八方手を尽くしたように見せかけて、韮屋へおかみさんに毒薬を取りに行かせたんだわ。介添えしたのは苦吟会の座長をしている番頭。この番頭もきっと亭主とぐるね。つまりこれは湊屋のおかみさんを亡きものにする為に、湊屋の主清兵衛、番頭伊助、それに韮屋与三郎の悪巧みということになるわ」

「苦吟会での伊助と与三郎の親密な様子が、それを語っているな」

右近が言う。

「伊助と与三郎の結びつきはどうでもいいと思うの。いつからそうなったのか、どうせ悪同士なんだからどこかでなるようになったんでしょう」

「そうそう、遠くて近きは悪同士。近くて遠きはおれと乙女ちゃん」

混ぜっ返す為五郎を乙女はものともせず、

「肝心なことは、湊屋の亭主はどうしておかみさんを殺す気になったのか……」

「それは本人を捕えて聞くのが一番手っとり早いぞ」

「ううん、その前に……」

その時、暮れ六つを知らせる鐘の音が聞こえ始めた。

「右近様、鬼退治につき合って下さい」

「よかろう」

乙女と右近が勢いよく立ち上がった。

「おれは？　乙女ちゃん」

「為さんは、ご苦労さん」

「あへっ」

為五郎が転げた。

十四

月明かりだけの真っ暗な部屋に、清兵衛は病人らしく気息奄々《きそくえんえん》といった様子で横たわっていた。

静かな足音が聞こえてきて、黒い人影が入ってきた。

「まあ、おまえさん、灯《あか》りもつけないでどうしたんですか」

お慶はそう言い、枕頭に座って火を擦り、行燈を灯《とも》した。

仄《ほの》灯りがお慶の顔半分を照らし出す。

「いつもすまないねえ、お慶」

清兵衛が弱々しく言い、お慶の方を見た。

お慶の顔はいつになく無表情で、まるで凍りついているかのように見えた。

「おまえ、なんだか少しやつれたようじゃないか」

「そりゃそうですよ。おまえさんの看病と店の仕事で毎日くたくたなんですから。でもおまえさんが教えてくれた韮屋さんのお薬のお蔭か、大分気分がよくなりましたよ」

「そうかい、そりゃよかった」

「ここへいつものお薬を置いておきますからね、きっと呑んで下さいよ」

「有難う」

「それじゃまだ帳付けが残ってますんで」

「ああ」

お慶が小盆に乗せた薬包みと白湯《さゆ》を置き、出て行った。

その立ち去る気配を耳にしながら、清兵衛がむっくりと半身を起こした。

「ふん、冗談じゃないよ」

ふてぶてしく言い、その目がふっと小盆の上に落ちた。

そこにあるのは白い薬包紙ではないか。

「うっ……」

うめくような声を漏らし、驚愕《きょうがく》に目を見開き、そして烈しく考え巡らせた。

「そ、そんなはずは……」

みるみる疑心暗鬼の顔になり、薬包みを手に急いで部屋を出た。

大番頭の伊助は自室で俳諧読本を読みながら、箱膳の酒肴を楽しんでいた。

そこへ清兵衛が怒髪天《どはつてん》を衝《つ》かんばかりの形相で踏み込んできた。

「おい、これはどうしたことだ」

震える手で白い薬包みを突き出した。

伊助はなんのことかわからないといった顔を向け、

「なんのことですか、藪から棒に」

「これはどうしたと聞いてるんだ」

「それはおかみさんが呑む薬じゃございませんか」

「お慶がたった今、これをわたしに呑めといってきたんだぞ」

そこでさすがに伊助も面妖《めんよう》な顔になり、

「妙だな、赤と白を取り違えるなんてことはないはずだが……」

「おまえ、ぐるなんじゃないのか」

「なんですって」

伊助の表情が強張った。

「家つきのお慶に乗り替えた方が得策だと思って、これまでのことをお慶に話し、二人でわたしの息の根を止めようと計ったんじゃないのか」

「そんな馬鹿な。なんでわたくしが今さらおかみさんと」

「おまえならやりかねないよ。おまえは昔から利の厚い方へ転ぶ癖があった。なんと言ってお慶を騙したんだ」

「落ち着いて下さいまし、旦那様。おかみさんはきっと疲れてたんでございますよ。今日だって賄方《まかないかた》のお役人と鯛《たい》の値《あたい》のことでやり合って、そりゃ大変な思いをしたんですから。わたくしもそれを脇から見ておりました。お役人がお帰りんなった後、おかみさんは目まいを起こしそうになったんですよ。それで家へ帰って、旦那様のお薬が赤だったか白だったか、とっさにわからなくなったんだと思います」

「おまえ、やけにお慶を庇《かば》うじゃないか」

「いい加減にして下さいまし。わたくしは神に誓って、旦那様を裏切ろうなんて考えたことはございませんよ」

清兵衛はぎらぎらとした疑いの目だ。

「よく考えて下さいまし。ひと月前、旦那様がどうしてもおかみさんが目障りで、湊屋を思いのままにしたいとわたくしに相談なされた時、わたくしに思案は浮かびませんでしたが、旦那様が毒でおかみさんを葬ろうと、そう申されたんですよ。その時、手を貸してくれたらわたくしに分店《わけだな》を持たせてくれると申されたので、こうしてしたがったんじゃございませんか」

「……」

「それで苦吟会でいつも顔を合わせてる韮屋さんにその話をしたら、とんとん拍子に進んで赤と白の粉薬が出ることになったんです。幸いおかみさんがこのところお疲れでしたので、気付け薬と称して、それに毒を入れることが出来たのです」

「……」

「万事ぬかりなく事が運んでいるのに、おかみさんが薬を取り違えたぐらいで騒いだら、墓穴を掘ることになっちまいますよ。頭を冷やして下さいまし」

「頭を冷やせだと」

「はい。もう少しで旦那様の思惑通りになるんじゃありませんか」

「……わたしの思い違いだと言うんだな」

「左様でございますよ」

「悪かったね」

「いいえ」

だが突然、清兵衛は伊助に躍りかかった。

「何をなさいます」

「わたしは騙されないぞ。おまえたち二人はぐるになってるに決まってるんだ」

「く、苦しい……旦那様っ……」

清兵衛が伊助を押し倒し、馬乗りになって首を絞めにかかった。

酒肴の膳がひっくり返って派手な音を立てる。

ぱっと唐紙が開けられた。

清兵衛と伊助がぎょっとなり、動きを止めてふり返った。

乙女、右近、そしてお慶が立っていた。

これより前、乙女が家のなかへ忍び込み、お慶に事のあらましを語った上で、二人を罠《わな》にかける為、故意にお慶に薬を取り違えさせたのだ。

「ご亭主に大番頭さん、みんな聞かせて貰いましたよ。こちらの思惑通り、まんまと墓穴を掘ってくれましたね。これでもう何も言うことはありませんよ」

乙女が小十手を突き出して言い放った。

清兵衛の顔色は真っ白だ。

「は、袴田様、おまえさんは……」

伊助が右近を険悪な目で睨んだ。

「うむ、おまえと韮屋を探る為に苦吟会に潜り込んだ。あの時すでにおまえたちは十分怪しかったな」

伊助は逃げ道を探すように目を走らせながら、

「そうだったんですかい。ふん、お上の手先だったなんて知らなかったから。道理でおまえさんの俳諧は下手くそでしたよ」

そう悪態をつき、やおら障子を突き破って庭へ逃げた。

それを右近が追い、難なく伊助を捕えて引き据えた。

「そんなにわたしの俳諧は下手くそだったかな。あれでも苦心の作だったんだぞ」

「あんなもの、箸にも棒にもかかりゃしませんね」

「これからもっと勉強するよ」

乙女が座敷から捕縄を投げ、右近がそれを受け取って伊助を縛り上げた。

お慶が無残な顔で清兵衛に近づいた。

「おまえさん、ひどい人ね。あたしの何がいけなかったんですか」

「おまえのそういう水も漏らさぬところさ。祝言《しゅうげん》からこっち、ずっと我慢してたんだ」

「勝手なことほざきやがって」

乙女が急に金さんのようなべらんめえ調になり、小十手で清兵衛の額を叩き割った。

十五

与三郎は引き籠もりがちではあるが、それでも朝のうちは店に出て、帳場に座ったり薬の調合をしたりする。

その間に福松は与三郎の部屋の掃除をすることになっていて、その日も箒《ほうき》と叩《はた》きを持って奥の間へやってきた。

ところがびっくりしたように部屋の前で立ち止まった。

部屋のなかで与三郎のうめき声が聞こえ、何かを叩くような異様な物音がしているのだ。

「旦那さん……」

小さい声で呼ぶが、物音はやまない。

そろりと唐紙を開け、福松は蛙《かえる》でも呑み込んだような大口を開けた。

お玉が与三郎に馬乗りになり、火箸でその顔や躰を滅多刺しにしているのだ。

「あわっ……」

福松が声を漏らすと、お玉は全身に返り血を浴びた凄まじい姿で見返り、

「この人が悪いのよ、この人が……一緒になってくれるって約束したのに……」

そう言い放つや、お玉は火箸を持ち替え、自分の喉に突き刺した。

福松は突っ立ったまま、股間にそっと手をやった。失禁してしまったのだ。

そして後ろ向きに後退し、ぱっと駆け出して大声で叫びまくった。

「旦那様が人殺しだ。人殺しの旦那様だ。もう駄目だっ、しょんべんだぞ」

わけのわからないことを叫び続け、大騒ぎを始めた。

十六

韮屋の予想もしない惨事に、乙女は内心ではほっと救われたような思いでいた。

与三郎とお玉は何年越しかの不義の仲で、与三郎はやがてお甲を離縁し、お玉をその後釜に据えるという約束をしていたようだ。

ところがいつまで経っても埒《らち》が明かないので、お玉は業を煮やし、丁度縁談が持ち上がったのを機に、それから逃げると見せかけて韮屋に転がり込んだのだ。

不義の関係は、淫靡《いんび》にも韮屋のなかでも続いていたらしい。

この度の刃傷沙汰がなければ、韮屋与三郎は毒薬を密売した科《とが》で罰せられていたはずである。

当然のことながら、湊屋清兵衛、伊助と一蓮托生《いちれんたくしよう》なのだ。

そうなれば韮屋はこの世から消えてなくなるわけで、乙女はそのことにずっと頭を悩ませていた
お春や福松がいきなり浮世に放り出されるのはつらいことだし、他の奉公人とておなじだ。

結局、韮屋の悪行は闇に葬ることにし、与三郎とお玉は病死の届けで済ませ、事なきを得るに至った。

伊佐山が変だ変だと言っていたが、乙女も右近も口を割らなかった。

だから韮屋は元通り商いをしているはずで、与三郎のとむらいが済んだのを見計らい、乙女は様子を見に霊岸橋を渡ってきた。

すると前から担ぎ荷のお春がやってきた。

その傍らに福松がしたがっている。

「お春さん」

乙女が明るい声を掛けると、お春も喜色を浮かべて駆け寄ってきた。

今までのことで礼を述べるお春は、なんだか最初に会った時より大人びて感ぜられ

た。

乙女が福松がくっついてきている不審を問うと、お春は迷惑顔になって、今日から
「おかみさんがこいつにも仕事を覚えさせなきゃいけないって言って、今日からあたあたしのお供をすることになったんです」

「そう。福松ちゃん、あんた、今度のことでは大変な思いをしたわね」

「その話はしねえでくれ。おいら、寝覚めが悪くてしょうがねえんだ」

「わかるわ」

「あれ以来、こいつの名前はしょんべん小僧になったんですよ」

お春がおかしそうに言い、惨劇の日に店中に小便をこぼしまくった福松の失態を語った。

「長い目で見ていてくれ。おいら、乗り越えるぜ」

福松がめげずに言う。

「そう、その意気よ。あんなことは、怖いもの見たんだからしょうがないわよ。嫌なことは忘れて早く仕事を覚えて、みんなを見返してやりなさい」

「うん」

「お春さんもしっかりね」

「はい」

それで二人と別れた。

橋を渡り切ったところでふり返ると、お春と福松は仲良く手をつないでいた。

そしてまるでお題目を唱えるかのようにして、

「産前産後に和小散、虫薬なら奇神丸、喉元すっきり清明丸、怪我によく効く百竜膏、万病にいいのは五香散……」

二人の声がしだいに遠ざかっていった。

乙女は頰笑ましくそれを見送って、そぞろ歩き出した。

江戸の町はまだ残暑にうだっていた。

第四話　みだれ髪

一

乙女はこのところ寝食を忘れるほど、興味深い書物を読み耽《ふけ》っていた。

それは検屍の際の手引書とでもいえるもので、殺害、自害、事故、変死など、様々な死骸を前にしての検屍法や、その心得を指南《しなん》した「無冤録述《むえんろくじゅつ》」という本である。

原書は一二四七年に中国で編まれ、南宋の宋慈《そうじ》という人が書いた「洗冤録《せんえんろく》」なる検屍の指南書であり、これは世界最古の法医学書といわれている。

それをわが国で泉州《せんしゅう》(大坂南部)の河合甚兵衛《かわいじんべえ》という教養人が翻訳し、元文元年(一七三六)に世に出されたものが「無冤録述」なのである。乙女の居る時代よりも百五年前のことだ。本書はむろん直訳というわけではなく、わが国の実情に合わせて内容は書き改められてある。

この時代、検屍に当たって司法解剖などは行われないから、詮議する者は死骸の状況をあれこれと表面的に推測しながら死因を究明せねばならず、それには当然限界があり、このような手引書があれば大助かりなのだ。つまりこれは捕物に携わる者の必携の書ということになる。

本書は上下二巻から成り、三十一種の死骸鑑定法が記されている。

上巻は総論で、それにはまず躰の部分の呼称がまちまちでは困るので、人体各所の名称が特定されている。

それによると、こうだ。

〈人中《じんちゅう》。鼻と口の間。みぞの真ん中なり〉

〈肚腹《とふく》。はらのことなり。胸先の下、臍《へそ》の上、大腹なり〉

など、図入りで克明に描かれている。

次に死骸の検査法である「検法」に触れている。

〈およそ屍《しかばね》を検する時は、その所へ行っても、すぐには屍のそばへは行くべからず〉

とあり、さらに続いて、

〈まず風上に座し、その死人の骨肉親類、またはそこの係の者を呼び出し、詳しく問い合わせし後、検屍に取りかかるべし〉

と教えている。

いきなり死骸を調べたりせず、まずは親類や近所の者などから事情を詳しく聞き、その上で検屍に取りかかれと注意をうながしているのだ。

「なるほどねえ……」

乙女としては教えられること大である。

この本を与えてくれたのは、父親の遠山《とおやま》の金《きん》さんだった。

「おめえもな、どうにかこうにか世間に名めえを知られる十手持ちになったんだ。これをとくと読んでおけ」

古びて黴《かび》臭く、しかも分厚い上下巻を渡された時はうんざりし、その場で読みたくないと断った。だが金さんがどうしても読めと言うものだから、それ以上は拒めず、家に帰って渋々読み解くうちに虜《とりこ》になった。

そして過去の事件のあれこれを思い出し、後悔や反省ばかりをするようになったのだ。

「無冤録述、どうしてもっと早く読ませてくれなかったの、お父っつぁん」

次に会った時、乙女が金さんに身勝手なことをほざくと、

「へへへ、すまねえ、忘れてたんだ」

それが金さんの答えであった。

この本は三廻り、すなわち定町廻《じょうまち》り、臨時廻り、隠密廻りの外役の同心はすべて持っているのかと聞くと、

「捕物に真面目に取り組んでいる奴は、ひそかに読んでるかも知れねえな。まっ、こういう虎の巻はそうむやみに人にひけらかすもんでもあるめえ」

金さんの言葉に、すぐに伊佐山久蔵の顔が浮かんだ。

伊佐山が持っているかいないか、知りたくなったがこの何日かは会っていない。

事件が起こらないのが何よりよと、それで今日も昼飯を食べたり煎餅《せんべい》を齧《かじ》ったりしながら本の虫になった。夕方に湯屋へ行って、帰ってきたら夜もまた読もうと思っていた。

昼下りの表にのどかな朝顔売りの声が聞こえてきたと思ったら、それがぴたっとやみ、血相変えた為五郎が油障子を開けるのももどかしいように駆け込んできた。たぶん朝顔売りは、為五郎に突きとばされたのだ。

「乙女ちゃん、すぐきてくれ」

その様子に乙女はもうぴんときて、本を閉じて神棚に奉《たてまつ》り、小十手を手にした。

今や「無冤録述」は、乙女にとっては神棚に奉るほどの神聖な書なのである。

「事件なのね、為さん」

「はいな、人が殺されたんだぜ」

名著からの薫陶《くんとう》よろしきを得たせいか、乙女の目がぴかっと光った。

二

殺害場所は土蔵のなかであった。

そこの主人と思《おぼ》しきでっぷり肥《ふと》った中年男が、着衣のまま胸に匕首《あいくち》を突き立てられ、仰向けに倒れている。

その横にはものを書くのに使っていたらしい大机があり、書きつけの類《たぐい》のものが散乱していた。

乙女と為五郎が駆けつけると、すでに伊佐山久蔵と同役の同心二人、住吉町の小吉らが土蔵のなかでざわざわと検屍を行っていた。その周りには小吉の下っ引きらも四、五人、臨場している。

伊佐山が忙しそうなので、乙女は小吉を目で呼んだ。

小吉はすぐに出てきて、乙女たちと裏庭で向き合った。

「ここはどういう家なんですか、親分」

「花鳥屋《かちょうや》という地本《じほん》問屋だよ。殺されたのは亭主の石之助《いしのすけ》だ」

地本問屋というのは絵草紙や錦絵など、大衆向けの娯楽本を出す版元のことで、その上が高尚な仏書、漢書、読本を扱う書物問屋である。

花鳥屋のある場所は日本橋の南、京橋筋の正木町《まさきちょう》だ。

「まっ、地本問屋の方は表向きみてえなもんで、花鳥屋は瓦版《かわらばん》作りに力を入れてたようだな。おれも近頃よくそれを目にしたぜ」

「で、親分、殺されたのはいつ頃なんだ」

為五郎が横から聞いた。

「ゆんべ遅くみてえだが、家の者が気づいたのは今日の昼なんだ」

「今日の昼ですって？」

乙女が不審顔になった。

その家の者の代表は女房お伝《でん》と番頭太助《たすけ》の二人で、乙女が頼むと小吉が引き合わせてくれた。

母屋《おもや》の一室に通される時、大部屋に寄り集まった多数の男女奉公人が落ち着かない様子で居るのが垣間見えた。主《あるじ》の急な死に誰もが動揺し、不安を抱えているのがわかる。また別の部屋には作業机が幾つも並べられ、そこいらに版材が立てかけられ、鑿《のみ》や鉋《かんな》、彫刀などの道具が放置されていた。主の死で木版彫りの作業は中断されているようだ。

お伝は亭主に負けないほどの肥満体で、太助の方は小柄で痩せたこま鼠のような男である。

どうして亭主の死に翌日まで気づかなかったのか、という乙女の当然の疑問に、お伝は当惑気味に答える。

「夫婦といいましてもね、おなじ屋根の下に居ながらもう何もかも別々なんでございますよ。うちの人がどこで何をしてようが、あたしは知らないんです」

その言葉で、夫婦仲が冷えて疎遠《そえん》な状態がなんとなく窺えた。

太助がそれを補うようにして、

「旦那様はこのところ、ほとんど蔵のなかでお過ごしでございました。二階には座敷もございますので、そこで寝泊まりを。しょっちゅう書き物をなすってましたから、静かな場所が肝心だったのです」

書物を扱う稼業柄、どうやら石之助は文筆の立つ男だったようだ。だから瓦版の為の原稿はすべて石之助ひとりの手でなされ、他の者には委《ゆだ》ねなかったのだと太助が言う。

木版作りは版木師という専門の職人が居て、これを何人か抱えており、太助ら奉公人たちはその手伝いをやらされていた。瓦版を売り歩くのは手代たちの仕事だったと言う。

この頃の出版物はすべてこの木版刷りで、木の板に文字や絵を左右逆に彫り、墨などを塗って紙を乗せ、それを馬連《ばれん》でこすって転写するのだ。

「でも殺されたのは蔵のなかなんですよ。誰か客でもあったんでしょうか」

乙女の問いに、太助が答えて、

「客はいつもございました。それは瓦版を出すに当たっていろんな人から話を聞く為なんです。もちろん旦那様の方から出向いて行くこともございましたが」

「ゆうべの客は知ってましたか」

「客のことは旦那様はわたしどもにはお話しになりません。呼ばれた客はうちの誰とも顔を合わさないよう、大抵裏木戸から入ってそのまま蔵へ向かいます。用件が事件や事故に関わることなので、それは旦那様のご配慮だったのだと思われます」

「その客というのは、どんな筋の人たちなんでしょう」

「それはもう、千差万別でございましたな。町内の顔見知りから顔役さん、なかにはご浪人から芸者衆なんぞも……」

「ふん、芸者は別だよ。なかで酒飲んで、変な声を上げてたことだってあったんだ」

お伝が悋気《りんき》を露《あらわ》にして言った。

亭主が何をしているのか知らないと言っておきながら、お伝の言葉には矛盾があった。

「いいえ、それもお仕事の内だったんでございますよ、おかみさん」

太助が石之助を庇うようにして言う。

「どうだかわかるものかね。この間なんか、お高祖頭巾《こそずきん》の妙な女を見かけたんだ。いつもの芸者とは違うから、あたしゃ面食らっちまったよ」

乙女がすばやくお伝を見た。

「十日ほど前だよ。おまえ見なかったかえ」

「い、いいえ、わたしは……」

太助がしどろもどろで答える。

その様子を見て、番頭は知っているな、と乙女は思った。

「あの時なんざ蔵のなかに二人して一刻（二時間）も居たんだからね、あたしゃよっぽど怒鳴り込んでやろうかと思ったくらいさ」

乙女が為五郎とさり気なく見交わし、

「気になりますね、そのお高祖頭巾。どんな様子の人でしたか」

「顔はもちろん見えませんでしたけど、鼻の高い、目元の涼しげなきれいな人でしたよ。躰なんかもあたしなんかよりすらっとしてましてね、どうしてあんな人がうちの人になびいたのか不思議でなりませんのさ」

お高祖頭巾の女を、情人《じょうにん》だと決めつけたようなお伝の口ぶりである。

「ゆうべもその人はきてたんでしょうか」

だがお伝も太助も、昨日の来客は見ていないらしく、一様にかぶりをふった。

それで訊問を打ち切り、乙女と為五郎は土蔵へ向かった。

検屍の前にまず家人から話を聞くことは、「無冤録述」に適《かな》っているのである。

土蔵には伊佐山と小吉だけが居た。

同心二人と下っ引きたちは、聞き込みにとび出したのだと伊佐山が言う。

石之助の無残な死骸はそのままである。

「伊佐山様、死骸から何かわかりましたか」

乙女が死骸に屈み、つぶさに見ながら言った。

「仏はどうやら客と面談中に、いきなりぶすりとやられたみてえだな。茶が二人分、用意してあらあ。争った跡がねえところから、安心しきってたのかあなどっていたのか、その辺はまだわからねえが、女が下手人てえことも考えられるぜ」

伊佐山の鋭い指摘に、乙女はきらっとなって、

「どうやらそのようなんですよ、伊佐山様」

そこでお伝の証言から、お高祖頭巾の謎の女が出入りしていたことを告げた。

「そいつぁいってえ何者なんだ」

伊佐山が色めき立った。

「武家者か、あるいは商家のお内儀さんか、いずれにしても多少の身分を持った人じゃないかと」

「仏がその女と、どんな用件で会ってたのかはわからねえんだな」

「ここのご亭主は、そういうことはすべて秘密にしてたそうなんです」

死骸の両腕を剥き出して調べ、乙女は伊佐山の言う通りだと得心した。

両腕には防御疵が見られないのだ。

「無冤録述」の「刃傷死《にんじょうし》」の項目には次のように記されている。

〈人が刃物をもちて切らんとする時、かならず争い闘うて手を用い、その刃を防いだことあるべし。その時は手のどこかに疵があるなり〉

さらに続けて、

〈生きている人を、刃物をもって切りたるは、そのあと皮肉がしじまりて血が集まりあるなり。また手足を切り離したのは、筋と骨とがまといつき、皮はしじまり、骨は露われてあるべし〉

とある。

「伊佐山様、もしかして無冤録述をお読みなんですか」

「あん？　なんのこった、そりゃ」

「いえ、ご存知なければいいんです」

伊佐山は「無冤録述」とは無縁なのだ。

そんなものはなくとも、伊佐山の長年の経験と勘がものを言っているのだと、乙女は思った。

石之助が瓦版の種取り（取材）の為に、事件や事故の関係者から話を聞き、花鳥屋の土蔵に呼び、あるいは出向いて、様々な人と会っていたということを乙女が言うと、伊佐山は勇躍し、それらの人々を手分けして調べようと言った。

小吉に命じ、これまで花鳥屋で出された瓦版を取り寄せるように言う。そこに書かれた事件や事故の関係者を洗い出すつもりのようだ。

「乙女ちゃん、だったらよ、その女について書きつけたものは何かねえのかな」

散乱した書きつけの類を見廻しながら、為五郎がいいことを言った。

乙女、伊佐山、小吉が合点し、そこいらをひっかき廻す。為五郎も加わり、そして四人は片っ端からそれらに目を通した。

小火《ぼや》騒ぎとつけ火の疑い、主と奉公人の諍《いさか》い、年寄りの家出、子供の難病、嫁と姑の対立、さらには姦通、密通、離縁のことまで、内容は多岐に渡っていてさすが瓦版屋だと感心した。だがどれも日常的なことばかりで、なかには乙女や伊佐山の知っている揉め事などもあり、これという件は見出せない。

「謎の女に関するものはねえようだな」

伊佐山ががっくりとなって言った。

「本人が持ち去ったのかも知れませんね」

乙女が言い、伊佐山は苦々しくうなずいた。

それで乙女と為五郎は土蔵を出た。

花鳥屋を出たところで、それを待っていたかのように番頭の太助がすり寄ってきた。

太助には後でお高祖頭巾の女のことを聞こうと思っていたので、乙女はもっけの幸いと受け入れた。

「ひとつ、言い忘れたことがございまして」

言い忘れなどではなく、さっきはお伝を憚《はばか》って言わなかったものと思えた。

「三日前、旦那様がわたしに珍しく種明かしを致しました」

「どんなことです」

乙女が話の先を急《せ》いた。

「その時は夕方でございまして、旦那様が身支度をしておられましたので、こんな刻限からお出掛けですかと聞きましたら、今から柳原土手まで行って夜鷹探しをしなくちゃならないのだと、旦那様がそう仰《おお》せになったんです」

「夜鷹探しですか」

「わたしにはどうもそれがおかみさんの話に出てきた、お高祖頭巾の女に関わることのように思えてならないんです。おかみさんの前では惚《とぼ》けておきましたが、わたしはその女を二度見かけております」

乙女と為五郎が聞き入っている。

「十日ほど前におかみさんが見かけた時と、それから五日前にもわたしは見ております。その女は頑《かたくな》にこちらと顔を合わせないようにしていましたから、わたしもどうも変だなとは思っておりました」

「番頭さん、有難うございました」

乙女が礼を言うと、為五郎もしみじみとした顔になって、

「おめえさんは忠義者なんだな」

「いいえ、こんなことになってわたしは無念でならないのですよ。旦那様のお書きになった瓦版は、わかり易くてしゃれていて、世間の評判もよかったものですから、惜しくてならないのです」

「下手人、きっと捕まえますよ」

乙女が請負った。

三

乙女と為五郎はその足で、日本橋から柳原土手へと向かった。

もう日が傾き始めているから、柳原土手へ着く頃には夜鷹の出没する丁度いい刻限かと思えた。

柳原土手というのは神田川に沿い、筋違《すじか》い御門から浅草橋御門の手前までをいう。

そこはまた江戸川の末流でもあり、やがて大川へ流れ出るから川船の往来がひっきりなしである。また昼の柳原土手は古着屋や道具屋などが軒を連ね、大層な人出で賑わう。

そして夜ともなると、そこは夜鷹たちの晴れ舞台と化すのだ。

夜鷹といえば私娼の最下級で、彼女たちは吉原、岡場所、茶屋などからの転落組だからもうその下はないのである。転落の理由はひとえに寄る年波で、見世《みせ》に出てもとんと客がつかず、それでやむなく街娼《がいしょう》となったのだ。

だから夜鷹は四十、五十代の大年増《おおどしま》ばかりで、なかには老婆も平然と混ざっている。

それというのも、灯《ひ》のない暗黒での交合が専門なので、厚化粧をして若作りさえしていれば定かな年齢はわからないのだ。それに女体に暗い若い客などは、脂粉の匂いだけでもう十分に欲情してしまうのである。

内神田の豊島町へ辿り着いた頃は、すっかり夜の帳《とばり》が下りていた。そこから柳原土手はもう間近だ。

どこかの店へ入って落ち着いて食べる気分ではないので、二人は屋台の二八蕎麦《そば》で腹ごしらえすることにした。

「乙女ちゃん、今から夜鷹の姐さんたちをつかまえて片っ端から聞き込みするつもりだろうが、ひと晩かかったって埒《らち》が明かねえと思うぜ。連中ときたら何千、何百居るかわからねえんだからな。ふんどし引き締めて、覚悟するんだぞ」

「締めてないわよ、ふんどしなんて」

「あ、そうか、すっぽんぽんだったたんだ」

為五郎がむひひ、と笑う。

「んもう、やらしいんだから。いつものことだけど。そんなことはわかってるわよ。今日が駄目なら明日よ。手掛かりをつかむまではずっと続けるつもりでいるわ」

すると為五郎は急に真顔になって、

「けどよ、乙女ちゃん、花鳥屋が言ってた夜鷹探しってな、どういう意味なのかな」

「そこよね」

乙女はもつるつると蕎麦を啜りながら、

「たぶん花鳥屋さんは、お高祖頭巾から何か情報を得たのよ」

「どんな」

「わかるわけないでしょ、そんなこと。ともかくそれによって花鳥屋さんは動き始めたんだわ」

そこで為五郎はおよそ似つかわしくない考え深そうな顔になって、

「待て待て、あるいはお高祖頭巾の方に事情でもあってよ、ある夜鷹を探してくれと頼まれたってのはどうでえ」

「ああ、そういうことも考えられるわね。うん、なるほど。為さんて、時々賢いこと言うじゃない」

「なんだよ、時々って。おめえとはひと廻りも歳が離れてんだぞ。ちったあ年上の人を敬ったらどうなんでえ」

「うふふ」

するとそれまで二人の話を聞くとはなしに聞いていた屋台の親父が、首を突っ込んできた。蜂に刺されたような丸い鼻が酒焼けしている。

「おめえさん方、御用の筋なのかえ」

「え、はい、まあ」

乙女が認める。

「それでこれから夜鷹の姐さん方を調べるんだね」

「なんだ、父っつぁん、まるっきり聞いてたのかよ」

為五郎が言うと、親父は聞くつもりはなかったと言い訳しながら、

「今おめえさんが言ってたように、夜鷹をひとりずつ当たってたら何日かかるか知れ

ねえよ」

「だろう」

「何かいい方法はありますか」

乙女が聞く。

「まあ、ねえこともねえが……」

もごもごと言いながら親父がさり気なく片手を出したり引っ込めたりするので、乙女はすぐにおねだりだとわかり、数枚の文銭《ぶんせん》をその手に握らせた。

するとたんに親父はすらすらと、

「夜鷹の元締《もとじめ》やってる婆さんが居てな、その人ん所行くのが一番手っとり早いんじゃねえかと思うんだよ」

それは願ってもないことなので、乙女と為五郎はぱっと見交わし合った。

元締はお六《ろく》といい、新シ橋を渡った向柳原の市兵衛店《いちべえだな》に居るという。そこは俗に夜鷹長屋と呼ばれていて、住人はすべて夜鷹なのだと親父が教えてくれた。

乙女と為五郎が早速長屋の路地へ入って行くと、何人かの夜鷹がこれから稼ぎに出るところであった。

全員が二人に露骨な視線を向ける。

いずれも型通りの夜鷹の身装《みなり》で、雙子縞《ふたごじま》の着物に筵《むしろ》を抱え持ち、白手拭いを頭からひっ被っている。若く見せる為なのか、なかには前髪に赤い絞りの布を掛けたり、口紅を毒々しいほどに塗りたくっている者も居る。どれも厚化粧で皺や染みを封じ込めているから定かな年齢はわからない。口紅がはみ出ているのはご愛嬌でまだしも、腰の曲がった夜鷹には乙女の胸がずきんと痛んだ。

「なんだね、おまえさん方は」

腰の曲がった夜鷹が言った。

異質な闖入者《ちんにゅうしゃ》に彼女たちが警戒している。

こういう時は世馴れた為五郎の出番で、乙女はその後ろに引っ込むことにしている。

「元締に会いてえんだ、お嬢さん方、どこの家か教えてくれねえかな」

お嬢さんと言われ、夜鷹たちが失笑する。

「元締に？」

腰の曲がった夜鷹が言って、全員の視線は乙女に注がれた。若いのにねえ、などという囁き声が聞こえる。どうやら乙女のことを夜鷹志願と間違えているようだ。

しかしこんな時に小十手でも見せようものなら、女たちはたちどころに逃げ散ってしまう。怪動《けいどう》と呼ばれる奉行所の私娼狩りを、彼女たちは何より怖れているのだ。

為五郎の親しみ易い人柄に安心したのか、夜鷹たちは突き当たりのお六の家を教えてくれた。

油障子を叩いて二人が入って行くと、お六は干し魚で飯を食べていた。

夜鷹の元締の婆さんなどと蕎麦屋の親父が言うから、何やらおどろおどろしい鬼婆のような女を想像していたら、予想は外れた。

お六は老婆には違いないが、小ざっぱりとした衣服に髪も艶《つや》やかで、可愛い顔をした婆さんであった。

「お六さんですね」

乙女が言うと、お六はじっと乙女を見て、

「おや、お上御用がなんの用さ」

と言った。

乙女が度肝を抜かれたようになり、

「え、どうしてわかるんですか」

まだ小十手も見せてないのだから、乙女の驚きは無理もなかった。

「わかるさ、お前さんを見れば。長年の勘さね。とても只の小娘とは思えないもの」

「そ、それは恐れ入りました」

知らぬ間に御用聞きの臭いが身に沁みついてしまったのかしらと、乙女は一瞬考え込んだ。それで出鼻を挫《くじ》かれたようになり、まごつきながら、

「実はですね、ちょっと聞きたいことがありまして」

「待っとくれ」

そう言うとお六は急いで飯をかっ込み、茶を飲んでがらがらとうがいをすると居住まいを正して、

「夜鷹の詮議じゃないんだね」

乙女の方に膝を向け、念押しするように言った。

そうじゃありません、と乙女は言っておき、

「ここに日本橋の花鳥屋さんという人が訪ねてきませんでしたか」

お六は唇を引き結び、乙女と為五郎を交互に見て、

「それがどうしたのさ」

「きたのかきてねえのか、そいつをまず聞かせてくれよ」

為五郎が言った。

「きたことは認めるけど、あの旦那がどうかしたのかい」

お六が言うのへ、乙女が張り詰めた顔で、

「花鳥屋さん、殺されたんです」

ひっ、という声がお六の喉から漏れた。

「どうして……」

「ですからそれを詮議してるんです」

「嫌だね、そんな……おお、嫌だ」

お六が動揺し、怯えた声を出す。

「お六さん、花鳥屋さんは夜鷹の誰かを探してるように聞いたんですけど、そうなんですか」

「そうだよ。ここへはお丁《ちょう》のことを聞きにきたんだ」

「お丁さん……その人はどこに居ますか」

「お丁の稼ぎ場は浅草橋の辺りと決まってるけど、気ままな娘《こ》でね、よく仕事を休むんだよ」

「歳は幾つぐれえなんだ」

為五郎が問うた。

「そうさね、あれで二十半ばくらいかねえ。夜鷹のなかじゃ若い方さ。もっとも本当の歳なんて言わないから、実際のところはわからないんだけどね」

「器量の方はどうでえ」

さらに為五郎が聞く。

「ちょっと荒《すさ》んじゃいるけど、鼻高で目元ぱっちりの器量良しさ」

「どこに住んでますか」

乙女が聞いた。

「浅草瓦町の大円寺ってえ寺の小屋だよ。それがね……」

お六が言い淀み、迷うようにしている。

「どうしました」

「花鳥屋の旦那ってのがお丁の居場所を聞きにきて、それで忘れ物をしたんであたしが追いかけたんだよ」

乙女がうなずく。

「新《あた》シ橋の所で追いついて、忘れ物ですよと言おうとしたら、妙な女がすうっと横から現れて旦那の後から歩き出したんで、あたしはやめにしたのさ」

「どんな女ですか」

「わからないよ、お高祖頭巾を被ってたんだから」

乙女と為五郎がはっとなって見交わし、

「それで、そのお高祖頭巾は花鳥屋の後からついてったんだな」

為五郎が上擦った声で聞く。

「そうさ、女はあの旦那をずっと尾《つ》けていたみたいでね、二人の影が夕闇に消えてったから、あたしはそれを見送っておしまいさ」

それでお六は小簞笥《こだんす》の上に置いた莨入《たばこい》れを取って、

「これ、持ってっておくれな。殺されたとあっちゃ嫌だよ、置いとけないよ。気味が悪いじゃないか」

乙女が石之助の莨入れを強く押しつけられた。

浅草橋御門で柳原土手は終わり、浅草橋を渡って蔵前通りを北へ向かう。

そして浅草芳町《よしちょう》一丁目、二丁目を過ぎて瓦町《かわらまち》へ入ると、そこの大通りに面して大円寺はあった。

むろん夜なので門扉は閉められ、門前も片づけられているから、乙女と為五郎は寺の裏手へ廻ることにした。

裏手はもう鳥越で、備前鴨方《びぜんかもがた》藩の五千坪近い藩邸がある。

寺の裏門が開けっ放しになっていたので、二人はすんなり敷地内へ入ることが出来た。

だだっ広い裏庭のようだが真っ暗で全容がつかめず、月明かりを頼りにさらに奥へと進んだ。

竹林のなかに粗末な小屋がぽつんとあった。

それは納屋か炭小屋を改築したらしく、戸の隙間から仄灯《ほのあか》りが漏れているが、人の居る気配は感じられない。

「もし、お丁さん」

乙女が小声で問うた。

応答はない。

寝ているのか、具合でも悪いのか、二人はそう思って目顔を交わし合い、乙女がそっと引き戸を開けた。

「お丁さん、失礼しますよ」

行燈《あんどん》の灯の下で、女がかっとこっちを見ていた。だがその目はもう瞬《まばた》きをする必要はなかった。花鳥屋石之助とおなじように、着衣のままのお丁の胸元には匕首が深々と突き立っていたのだ。

この世のものではないだけにお丁の美しさは凄艶《せいえん》であった。だから崇高で気高いようでもあり、汚れた境涯に身を置いている女にはとても見えなかった。

乙女の目は凍りついていた。

四

「うむ……」

考えあぐねた袴田右近が、肘《ひじ》を枕にごろりと横になった。

そこは両国米沢町にある餅菓子屋笹屋の二階で、右近の間借り先である。

すでに昼を過ぎ、階下からは客の賑わいが聞こえている。店は笹餅が名物となって人気を呼び、偏屈者の宇兵衛《うへえ》、開けっ広げのお熊《くま》の老夫婦が二人で切り盛りしている。

右近は乙女と組んで捕物をするうち、実家の旗本屋敷に居たのでは何かと動き難《にく》い為、市井《しせい》に仮住まいすることにしたのである。

右近の前には、共に膝を崩した乙女と為五郎が居た。

お丁の死骸が見つかった後、乙女と為五郎は手分けして奮闘した。

まず寺に変事が起こったことを知らせ、何人《なんぴと》も立ち入らせないように頼んでおき、それから乙女は八丁堀へ、為五郎は住吉町へと飛んだ。伊佐山と小吉に凶事を知らせる為である。

乙女から火急の知らせを受けた伊佐山は吟味与力の許へ向かい、同道して貰って寺社奉行の役宅へ駆けた。犯科が寺社地で起こったのだから勝手に詮議をすることは許されず、寺社奉行の許しを得る為である。あくまで形式ではあるが、支配違いを無視することは出来ない。

それで許可が出て、伊佐山と小吉は合流して大円寺の検屍に取り掛かった。

その時点で乙女と為五郎は、伊佐山からご苦労さんを言われた。その時にはもう深夜を廻っていて八つ（二時）であった。

さらに乙女の住む式部小路に帰り着いた時は、七つ（四時）に近かったのである。

眠りについても、お丁の凄艶な死に顔が夢に出た。うなされたような気もするし、途中で何度も目を醒ました気もした。寝汗もかいたし、胸苦しい思いもして、起きたら真昼の九つ（十二時）であった。

起こしたのは為五郎だ。

そこで為五郎が、伊佐山たちの詮議とは別におれたちだけで下手人を捕まえねえかと、乙女に提案をしたのだ。

「ゆんべの夢見が悪くてよ、お丁てえ夜鷹の死に顔が目に焼きついて離れねえんだ。あれはおれに下手人を捕まえてくれと訴えてるような気がしてならねえのさ」

為五郎もそうだったのかと思い、乙女も異存がなかったので、こうしてつるんで右近の許へやってきたのである。

「右近様、うなってばかりいないでなんとか言って下さいよ」

乙女がじれたように言った。

「うむ……」

これまでの経緯をつぶさに聞かされ、右近は考え込んでしまったのだ。

乙女と為五郎が困ったように見交わしていると、やがて右近がむっくり身を起こし、

「この一件はだな、乙女さん」

「はい」

「水面下に隠されたものがとても多いような気がするのだ」

乙女がそこですよ、と言って膝を打ち、

「右近様の離れた目からどう見えるのか、それが聞きたかったんです。わたしも為さんも二つの死骸を目《ま》の当たりにして、正直何も見えなくなってしまったような気がするんです。ねっ、為さん」

乙女が同意を求めると、為五郎も深くうなずいて、

「違えねえ。おれなんか二回とも口から心の臓がとび出しそうになっちまったよ。まっ、どっちかっていうと死げえは女の方がいいやな。腹の突き出た花鳥屋のあれは見たくなかったぜ」

「そういう問題じゃないでしょ、為さん」

「あ、そっか」

そこで右近が中天を睨《にら》むようにし、推測を始めた。

「お高祖頭巾の謎の女が、ある日花鳥屋を訪れ、ある女を探して貰えないかと言ったとしよう」

乙女が引き込まれるようにして、「はい」と言う。

「その女を探す理由は……そうだな、でっち上げればなんとでもなろう。瓦版屋の花鳥屋が身を乗り出すような作り話で、これこれこういう女を探して欲しい、手掛かりはこんなところだが、今はどこに居るのか見当がつかない、至急その人に会いたい――とかなんとか言ったらどうかな」

「なるほど。そのある女ってのがお丁のことだったんだな」

為五郎が口を挟む。

「うむ。そこで花鳥屋は調べ廻り、夜鷹に身を堕としたお丁を突き止めた。その花鳥屋を謎の女はずっと見張っていたのだな。そして見当がついたところで、花鳥屋を殺し、お丁を眠らせた。しかし気の毒なのは花鳥屋で、彼は口封じで殺された――というのはどうかね、乙女さん」

「さすが、右近様」

乙女はにっこりするが、すぐに笑みを引っ込めて、

「でも一体どんなわけがあるというんでしょう。人を二人も殺して、謎の女は口を拭っているわけです。そんなの、許せないじゃありませんか」

「うん、断じて許せんな。ましてや殺された二人は、悪党や人でなしというわけではないんだろう」

「そうですよ」

「けど下手人の手掛かりがまるっきりねえからなあ……右近の旦那、差し当たってどうやるね」

為五郎が問うた。

「まずお丁の身元を洗うことだ。親兄弟はどうしているのか。お丁が捨ててきた昔に何があるのか」

「右近様、その昔の風景のなかに、謎の女が居るような気がしますね」

乙女が確信の目で言った。

五

その夜、乙女と為五郎の姿は右近を加えて再び柳原土手にあった。

真夏の蒸し暑い宵である。

三人はまず夜鷹元締のお六の家へ行き、お丁が何者かの手によって殺されたことを知らせた。

だがお六はとうにそのことを知っていて、今まで散々町方に訊問された後だと言った。

夜鷹だと思って虫けらみたいに殺しやがってと、お六は悲憤を浮かべた。

乙女としては慰めようがなかったが、お丁と親しかった夜鷹の仲間を聞くと、お六は四人の女の名を上げた。

それで三人は柳原土手へとび出したのである。

稼ぎ時だったから女たちはもう商売に出ていて、その四人を探すのには骨を折った。

土手のあちこち、材木の陰などで春をひさぐ女の姿を見るのは、乙女にとってこんなつらいことはなかった。

右近がそれを思いやり、乙女を土手の床几に待たせておき、奔走してくれた。為五郎は夜鷹たちから誘われる度に嬉しくなったが、さすがに仕事中なのでそっちへひっぱられることはなかった。心を鬼にしながら、それでも今度きっとな、などと言って女たちの名を聞いていたが、片っ端から忘れていた。

四人のうちの三人がようやくつかまったが、お丁のことを聞き込んでも大した実りはなかった。親しいといっても、その三人は腹を割るほどの仲ではなかったようだ。

望み薄になってきて、乙女も右近もどっと疲れが出た。

そして最後のひとりは筋違い橋の上でつかまり、神田佐久間町の広大な火除広道《ひよけひろみち》で話を聞くことが出来た。

神田川から吹き上げてくる夜風が心地よかった。

女はお粂《くめ》といい、お丁とおなじ二十五だという。垢でうす汚れてはいたが、お粂の顔立ちはぽっちゃりして悪くなかった。

――どうしてこんな人が夜鷹に……。

乙女の胸はまたずきんと痛んだ。

しかし余計なことは言わずに蓋をし、小十手を見せて立場を明かした上で、お丁の

ことで知っていることがあったらなんでも聞かせて下さい、と言った。言うそばから
お粂の手に一朱金（二百五十文）を握らせた。夜鷹の値は二十四文だから、客にした
ら十人分である。奮発したつもりだ。
またお父っつぁんから捕物費用を少し融通して貰わねば、と思った。お父っつぁん
は金銭には鷹揚《おうよう》な人だから、その点は楽だった。
「こんなに沢山……」
お粂が乙女に感謝の目を向けた。
「いいんですよ。わたしみたいな立場の者が口幅ったいんですけど、それで少しは躰
を休めて下さい」
乙女が目を伏せて言った。
お粂は一朱金を押し頂き、それを大事そうに帯の間に挟むと、
「お丁さんとは、あたしが一番仲がよかったと思います」
「なんでも話し合えたんだな」
右近が脇から言うと、お粂はこくっとうなずき、
「あたしとお丁さん、家の事情がよく似てたんです。お父っつぁんが飲んだくれで、
おっ母さんがその分働きづめで、おまけにやくざな兄さんが居るのまでおんなじでし

た。だからおたがいにろくな家じゃなかったねと、笑い合ったものでした」

「お丁さんの家はどんな家だったんですか」

乙女が聞く。

「お丁さんのお父っつぁんは車力《しゃりき》で、おっ母さんは一杯飲み屋で酌婦をしていたと言ってました」

車力というのは、大八車の積荷などを運ぶ人足のことだ。

「あたしの兄さんは賭場の喧嘩が元で命を落としましたが、お丁さんの兄さんというのは盗っ人の一味に入って、捕まって牢屋で死んだそうなんです。そのことからお丁さんの家は駄目になってしまって、お父っつぁんは酒毒が廻ってやがておっ死《ち》んで、おっ母さんは男と逃げてしまったらしいんです」

「お丁さん、どうして夜鷹になったのか、言ってましたか」

さらに乙女が問うた。

「そんな身の上ですからねえ……それもあたしとおなじでした。悪い男に騙されたのが元なんです。だからあたしたち男運がよくないねって、言い合ってました」

「お丁さんを騙した男の話は出ましたか」

「いえ、はっきりとは……深川の蛤町《はまぐりちょう》辺りに巣くってるやくざ者とは聞きましたけど」

「乙女さん、それだけで男が割り出せるか」

右近が乙女に言った。

「ええ、なんとか。こっちには為さんがついてますから。為さん、見つけ出せるかしら」

「やってみるよ。けど今はそんな野郎より、お丁のことが先だろう」

そう言うと、為五郎はお条に向かって、

「そのお丁の家ってな、どの辺にあったか聞いてねえかな」

為五郎が尋ねる。

「比丘尼《びくに》橋の近くだと言ってました。それだけで、詳しいことまでは……」

そこまでわかれば十分だった。

乙女はお条に礼を言って別れると、右近、為五郎と共に日本橋方面へ向かった。

「右近様、お丁さんに目鼻がついてきましたね」

「うむ。比丘尼橋界隈に住んでいて、父が車力で母が酌婦、そして兄は盗っ人をやって獄死……霧は晴れてきたようだ」

為五郎がひとりで指折り数え、何やら口のなかでぶつぶつ言っているので、乙女が

それを訝り、

「何してるのよ、為さん」

「夜鷹たちの名めえがひとりも思い出せねえんだよ……おれ、頭悪いのかな」

乙女と右近が失笑して、

「右近様、早く帰って寝ましょう」

「そうだな」

六

朝から強い日差しが照りつけていた。

乙女は朝飯を終えると、すぐに出支度に取りかかった。

今日はお丁の住んでいた家を探すべく、右近、為五郎らと比丘尼橋で落ち合い、手分けして周辺の幾つかの町を聞き廻るつもりだ。

それで小十手を帯の間に挟み、日傘を手に出ようとしたところへ、油障子が開いて編笠の武士が顔を出した。

内与力の室戸《むろと》小兵衛《こへえ》である。

「乙女殿、お父上がお呼びでござるぞ。役所までご同道下され」

五十がらみの室戸が柔和な笑みを浮かべながら言った。この男はどんな時でもやさしげな物腰を崩さないのだ。

内与力というのは遠山家の家臣のなかから登用された人材で、奉行所所属の与力とは立場を異にした存在だ。いわば私的な奉行の秘書官であり、陰の補佐役なのだ。それゆえ奉行とその隠し子との連絡役も、大事な役目であった。

「え、あ……」

よりによってこんな時にと、乙女が返答に困っていると、「至急お越しを」と室戸が言った。それでやむなく室戸にしたがった。

行く先は呉服橋御門内の北町奉行所だから、そこから比丘尼橋へ行くにはさほど遠くはない。お父《と》っつぁんの用事を早々に済ませて、それから右近たちに合流しようと目算を立てた。

「何してるのよ。お父っつぁん」

奉行の居室へ入るなり、乙女が頓狂《とんきよう》な声で言った。

そこは奉行の執務室でもあり、大机の上には訴訟書類や嘆願書の類が山積している。

その傍らで着流し姿の金さんが蒔絵《まきえ》の犬張子を手にし、にこにこと満足げに眺め入っていたのだ。

「どうだい、きれいだろう、乙女」

「きれいだけど、そんなものにどうしたの」

「今な、この蒔絵師の描くものにおいら惚れ込んじまって、嵌《は》まってるのさ。知らねえかな、幸阿弥糸路《こうあみいとじ》ってんだ。世間じゃ大層な評判なんだぜ」

「知らないわよ。でもそんなきらきらしたものが好きだなんて、いつものお父っつぁんらしくないじゃない」

「そんなことねえよ。おれぁ昔っからこういう雅《みやび》なものが好きだったんだ」

「それはいいけど、なんの用なの。わたし、今日は忙しいのよ。大事な事件抱えてるんだから」

「知ってるよ、続けて二つも人殺しがあったんだってな。目星はつきそうかい」

「まだなんとも言えないけど、徐々に核心に近づいてる感じはするの。だから早く用を言って」

「おれが三月《みつき》もめえから頼んであったものを持って、幸阿弥糸路がここへくるんだよ。それでおめえに会わせてやろうと思ってな」

「それで呼んだの。いいわよ、わたしは蒔絵なんかに興味ないもの」

「そう言うなよ」

「わたしが会ってどうするの」

「本音を言やぁ、おめえにその人を少しでも見習って欲しいと思ってよ。才色兼備とはああいう人のことを言うんだぜ」

　乙女が面白くない顔になって、

「大きなお世話じゃない、放っといてよ。帰るわよ、わたし」

「いいからここに居ろ」

「うーん、困ったなあ」

　乙女が気を揉むところへ、室戸が顔を出して来客を告げた。

「お奉行、幸阿弥殿がお見えに」

「おう、通してくれ」

　室戸が退《さが》り、それでやむなく乙女が居住まいを正していると、華やかな小袖に身を包んだ幸阿弥糸路が入ってきた。大きめの品物を風呂敷に包み、大事に抱え持っている。

　糸路が三つ指を突き、金さんが返礼し、乙女のことを岡っ引きであると言って引き合わせた。

「まあ、こんな娘さんが御用聞きなんでございますか。とてもそうは見えませんね、町で会ったらわかりません」

糸路がやわらかな表情で乙女に言った。眉目《びもく》が秀抜《しゅうばつ》に整った美形である。

すると金さんが自慢げに、

「娘っ子だと思って世の悪党どもが油断するだろう、そこをすかさずこいつはお縄にするんだ。今までにもう何人もしょっ引いてるよな」

乙女が片頬だけ笑わせてうなずく。

その乙女へ糸路はにこやかに笑っておき、

「お奉行様、ご註文のお品がようやく出来ましてございます。自分で申すのもなんでございますが、得心の参る仕上がりに」

糸路が包みを解きながら言うと、金さんは待ちきれない様子で身を乗り出し、

「おお、早く見せてくれ」

と言った。

「はい」

朱漆《しゅうるし》の木箱の蓋をおもむろに開け、糸路がなかから取り出したのは、全体が黄金色の絢爛華美《けんらんかび》な小簞笥であった。

「これは金梨地《きんなしじ》楼閣山水《ろうかくさんすい》高蒔絵《たかまきえ》と申します」

糸路が格調のある言い方で述べる。

小箪笥の蒔絵は、小舟に乗った貴人が茶室に向かう図で、それに春らしき花鳥風月がさり気なく織り込まれている。

「おお、こいつぁ絶品だ」

金さんが瞠目《どうもく》し、乙女もさすがにその小箪笥の美しさに溜息を漏らした。

「糸路、いい出来栄えだぞ」

「お奉行様にそう仰せ頂けると、大変幸せに存じます」

それから糸路はそのきらびやかな表蓋を開け、六つの小引き出しを次々に開けて見せながら、

「お奉行様、これにお好きなものをお入れになるとよろしゅうございます。女子《おなご》でございましたらいろいろと小間物がございますが、はて、殿方ですと何がよろしいでしょう」

「うむ、実のところもう決めてあるんだ。これに源氏物語の五十四帖をしまっとこうと思ってな」

少しばかり少女趣味なので、金さんが照れながら言う。

「それは結構なご思案かと」

それから少し世間話をし、糸路は帰って行った。

「どうだ、乙女。てえしたもんだろう」

金さんが小簞笥を見せびらかす。

「あの人、あの若さで立派なものね」

「そう思うだろう。言葉遣いや立ち居ふるまい、どこを取っても非のうちどころがぁるめえ」

「わたしにああいう人になれって言っても無理よ、お父っつぁん」

「そりゃわかってるさ、おめえが逆立ちしたってなれめえ」

「そういう風に言われるとなんだけど、まあいいわ、でもどういう人なのかしら」

乙女が興味を惹かれて問うた。

「糸路の師匠は幸阿弥与兵衛《よへえ》だ。これもまた名高い蒔絵師でな、糸路はその高弟ってわけよ。佐賀鍋島《なべしま》の殿様に目を止められて、それがきっかけでいっぺんに名が広まったのさ。おいらが幸阿弥糸路の小簞笥なんかを持ってることがわかると、殿中でうらやましがられるくれえなんだぜ」

「ふうん」

「それにな、糸路は櫛問屋《くしどんや》の藪屋《やぶや》との縁組が決まっていて、それこそ今はわが世の春なんじゃゃねえのかな」

乙女も南伝馬町にある大店《おおだな》の藪屋は知っているから、また「ふうん」と感心した。

「おれぁな、乙女、女がしっかりした仕事を持って大地に立ってる姿を見ると、つい応援したくなるんだ。今までとかく女は男の陰で生きてきたが、これからはそうもいかねえと思うぜ。黒船が次から次へと押し寄せてきてるだろう、きっとこの国は変わらざるをえねえとこへきてると思うんだ」

「うん、そうよね。そういう意見はいつものお父っつぁんらしくてとてもいいわ。わたしも否やは言わないわよ。女がひとり立ちすることはとってもいいことなんだから」

そこで思い出してぽんと手を打ち、

「あ、そうだ、捕物に入り用なおあし、底をつきそうなの」

「お、そうか」

「わたしはひとり立ちしてるつもりだけど、こればっかりはどうにもならないでしょ。お奉行所から正式な身分を認められてるわけじゃないんだから」

「よっくわかってるよ」

金さんが傍らに置いた財布を取り、そこから無造作に小判数枚をつかんで乙女に手渡した。

「いいか、乙女、おめえにゃ湯水のように金を使っても惜しくねえと思ってるんだ。どうしてかわかるか」

「いつも有難う」

「大体わかる。罪滅ぼしでしょ」

「この野郎、何言いやがる。そんなんじゃねえ」

「じゃ、なんなのよ」

乙女の問いかけに、金さんは悪戯《いたずら》っぽい笑みになって、

「ふふん、わからなきゃいいさ」

「なんだろう……」

「忙しいんだろう、とっとと失《う》せちめえ」

七

比丘尼橋の周辺には北紺屋町、南紺屋町、西紺屋町があり、それらと隣接して五郎《ごろ》

兵衛《べえ》町、弓町とがある。

　昼を過ぎる頃、乙女が比丘尼橋を行ったりきたりしていると、南紺屋町の掛茶屋で休んでいる右近とようやく出会うことが出来た。

「右近様」

　右近とおなじ床几に掛け、まずは出がけにお父っつぁんに呼び出され、奉行所へ行っていたことを告げ、だからお丁の家の探索はまだなのだと言った。

「それで、わかりましたか、お丁さんの家」

「すぐにわかったよ。北紺屋町の宗助店《そうすけだな》だ。むろんお丁の一家は消えてしまったが、旧い住人が憶えていて話を聞くことが出来た」

「お粂さんの言った通りでしたか」

　右近がうなずき、

「父親は車力であったが酒に溺れて死に、母親はやはり行方知れずだ。兄の獄死も本当のことであった。お丁はお粂に嘘は言わなかったのだな」

「その宗助店に居た頃、お丁さんと親しかった人は居なかったんでしょうか。男でも女でもいいんですけど」

「それをな、今為五郎に調べに行って貰っている。あの男はわたしなどより聞き込み上手だから、首尾を期待しているのだよ」

「そうですね、為さんは下世話な事情に通じてますからね」

そこで右近がふっと話題を転じて、

「お奉行の呼び出しはなんだったのだ、乙女さん」

「それがおかしいんですよ、今流行《はや》りの女の蒔絵師に引き合わされたんです。お父っつぁんったら、立ち居ふるまいのいい人だからおまえも見習えって。そんなの、無理に決まってるじゃありませんか」

「いや、そんなことはないが……」

右近は苦笑すると、

「なんという蒔絵師なのだ」

「幸阿弥糸路です」

「それは大変な人だぞ」

右近が目を開く。

「知ってるんですか」

「わたしの父上が蒔絵の文箱《ふばこ》を頼もうとしたら、一年待ってくれと言われたそうだ」

「あら、お父っつぁんは三月って言ってましたけど」

右近が腕組みして、

「うむ、やはり書院番頭《しょいんばんがしら》より町奉行の方が威厳があるのかな」

「さあ、そう言われても……」

乙女が返答に困る。

そこへ為五郎がひょっこりとやってきた。

「いよっ、お二人さんがそこに並んで座ってると、質流れした雄雛《おびな》と雌雛《めびな》に見えるよ」

乙女が憤然となって、

「質流れってどういうことよ、為さん」

「すっかりうらぶれてるってことよ」

右近も心外な表情で、

「うらぶれてなどいないぞ、わたしたちは」

「だってご両人の顔つきはどんより暗かったぜ」

「そうではない。町奉行と書院番頭の差について考えていたところなのだ」

「なんだ、そりゃ」

「そんなことはいいから、為さん、首尾はどうだったの」

乙女がせっついた。

「もう、上首尾のおんの字」

「為五郎、早く聞かせてくれ」

為五郎は急かす右近を手で制して、

「おい、婆さん、おいらにも甘酒だ」

茶屋の婆さんに甘酒を頼んでおき、二人の向かいの床几に座って短い脚を組むと、

「北紺屋町の宗助店に居た頃、お丁に男の影はなかったぜ。お粂の話に出てきた蛤町のやくざ者ってな、たぶん一家が離散して浮世の荒波に放り出された後のことなんじゃねえかな。娘盛りのお丁は母親の引きで、やっぱりおなじ酌婦なんかやらされてたようなんだ」

婆さんが甘酒を持ってきたので、為五郎はそれをがぶりと飲み、「あちちっ」と叫んでおき、

「ところがここにひとり、お丁にはその頃姉妹みてえにして仲のよかった娘が居たってんだよ」

急に浮かび上がってきた娘の存在に、乙女も右近も表情を引き締めて、

「それは、どんな人」

乙女が聞いた。

「名めえはお芳《よし》、おなじ北紺屋町に住む絵師の娘よ」

「絵師……」

乙女がつぶやく。

「為五郎、絵師にもいろいろあるが、どんな絵師だ」

右近が問うた。

「へへへ、さすがの為さんだからな、そいつもちゃんと調べてきたぜ。つまりは裏店住まいの貧乏絵師よ。お芳の父親は狩野探水《かのうたんすい》という名めえで、一応狩野派のひとりには違えねえんだが、ほとんどぱっとしねえ絵師だったようだ。それで江戸じゃ食えねえんで、旅絵師んなってよ、彼《か》の地から家族に細々と仕送りしてたようなんだ。ところがそれが箱根の山里でぽっくり死んじまったんだよ」

「じゃ、お芳という人はさぞや困ったでしょうね」

乙女が言う。

「残された家族はお芳とその母親なんだが、お父っつぁんの死から少しして、二人とも長屋から出てったというんだ。けど行く先は誰も聞いてねえのさ」

「お丁にもお芳を助けることは出来なかったんだな」

右近が言った。

「そりゃそうだろう。お丁にしたっててめえの食うことで精一杯だったんだから。けどそれがちょっと……」

「どうしたの、為さん」

思案顔になる為五郎に乙女が問うた。

「ひとつだけ、妙なことを聞いたんだ」

乙女と右近が見交わす。

「お丁の父親が死んで、母親はどっかへとび出して、しかも兄貴は牢屋で死んでよ、そんでもってお芳の父親も死んじまったわけだ。お丁とお芳にとっちゃ不幸のどん底のはずなんだが、妙なことに二人とも急に金廻りがよくなったっていうんだ」

「金廻りがよくなった……確かに変だわ、そんなはずないじゃない」

乙女が不審がる。

「お芳の父親の絵が、にわかに売れ出しでもしたかな」

右近も怪訝《けげん》につぶやく。

「だったら悪いことじゃねえんだから、お芳は人に言うだろう。そういうんじゃねえみてえなんだよ。そこだけがな、どう考えても解《げ》せねえのさ」

　乙女は考えに耽っている。

「まっ、ともかくそれでお丁もお芳もそれぞれの長屋から姿を消しちまった。やがて月日がめぐって、なぜかお丁だけが誰かに殺されちまったというわけなんだ。わかるか。さっぱりわからねえよな」

　為五郎の問いかけに谺《こだま》は返らず、乙女も右近も口が重くなってしまったようだ。

　やがて乙女がぽつんと、

「どうやらこの一件、右近様が言った通りみたいですね」

「どういうことだ」

「右近様は水面下に隠されたものがとても多いと……確かに水の底には、何かがどろどろと渦巻いているようです」

「そうだな」

　右近も張り詰めた目でうなずいた。

八

　深川蛤町は、永代寺門前仲町南裏通り、大島町北続き、北川町続き、寺町裏続きの四カ所に、飛び地となって分かれてある。

乙女、右近、為五郎が聞き廻った揚句、お丁を騙した悪い男というのは、寺町裏続きの蛤町久六店《きゅうろくだな》に住む浅吉《あさきち》だとわかった。

女を食い物にしている名うての男で、そういう男はそれほどあっちにもこっちにも居るわけではないから、裏社会の手蔓《てづる》を辿っていくうちにおのずと知れたのだ。

まず乙女が長屋に単身で踏み込み、小十手を見せて大番屋への同行を求めると、浅吉は相手が小娘なので小馬鹿にしたような笑みを浮かべ、何も咎められるようなことはしてないから聞きたいことがあるならここでやってくれと、開き直った。

女誑《たら》しらしく、浅吉は面長で鼻筋の通った色男である。

乙女にもその自信のほどを示そうと流し目を使うが、乙女には何も響かない、響くどころか、反吐《へど》の出る思いで、浅吉の表情にちらつく驕《おご》りや、それとは裏腹な猜疑《さいぎ》などを見て取ると、こんなくだらない男の為に人生を狂わされた女たちのことを思って腹が立ってきた。

「浅吉さん、お丁という人を知ってますね」

乙女が問うと、初めは惚けていたがそのうち認め始め、三年前に半年ほど一緒に暮らしたことがあると浅吉が言った。

「それじゃ大番屋へきて下さい、話が長いんで」

「さっきから言ってるだろう、そんな所は行きたかねえんだよ」

「嫌だと言うのなら縄を掛けますよ」

「いいねえ、お嬢ちゃんに縛られて躰をいたずらされてえな」

そう言って軽薄な声でけらけらと笑った。だがその笑いはすぐに引っ込んだ。

表から伊佐山がぬっと入ってきたのだ。

「こ、こりゃ八丁堀の旦那……」

浅吉が青くなって座り直した。

「やい、おめえは脛《すね》に疵《きず》でもあるのか」

「とんでもねえ、腹のなかは青空でござんすよ」

「ふん、どうだかな。ともかくちょっときてくれ」

伊佐山にそう言われ、浅吉はおとなしくなった。


八丁堀の大番屋に連れてこられると、浅吉はさらに借りてきた猫のようになった。

神妙にして心証をよくし、早く放免して貰おうという魂胆が手に取るようにわかる。

詮議部屋の密室に閉じ込め、訊問には乙女と伊佐山が当たった。

「おめえ、お丁が死んだのを知ってるか」

浅吉の表情の動きを読みながら、伊佐山が言った。まったく知らなかったらしく、浅吉が烈しく動転する。

「い、いえ……いつのことで……」

「三日前の晩だ。おめえはどこで何をしていた」

「三日前……あ、それは……言わなくちゃいけやせんかい」

「言えねえってえことはおめえが後ろ暗えわけだから、これから下手人と見做《みな》して吟味にかけることになるが、それでもいいか」

「ちょっ、ちょっと待って下せえ、下手人とはなんのことで。お丁はどういう死に方をしたんですか」

「匕首で胸をひと突きにされた。おめえがやったんだろう」

伊佐山も乙女も、浅吉が下手人とは思っていないが、最初からこの小悪党に揺さぶりをかけてやるというもくろみがあった。ともかくこういう社会のくずには、伊佐山は特に容赦をしないのだ。

浅吉は下手人と決めつけられ、みっともないほどに狼狽し、とんでもねえをくり返しながら、しまいには泣きっ面になって、

「あたしは気のやさしい男なんですぜ、人なんか殺せるわけがねえじゃねえですか」

「だったら有体《ありてい》に言えよ」

「み、三日前は上野山下の桔梗屋《ききょうや》という水茶屋に居て、そこの茶屋女としっぽり濡れておりやした」

「女の名めえは」

「お仙《せん》です」

「すぐに裏を取るぞ。もし嘘だったら、おめえをお丁殺しの下手人に仕立てる」

浅吉がまた烈しく取り乱し、

「いや、その、わかりやした……本当のことを言いやす」

「この野郎、お上を嘗《な》めてやがるな」

浅吉が這いつくばり、

「申し訳ござんせん、もう隠し立ては致しやせん。三日前の晩は通《とお》り旅籠町《はたごちょう》の大月屋《おおつきや》ってえ旅籠の女将《おかみ》さんと、旦那の目を盗んで築地の船宿で密会をしておりやした」

「おめえ、人妻にも手を出すのか」

「男と女ですから、遠くて近いんでございやすよ」

「何をほざきやがる、この色狂いが」

伊佐山もだんだん腹が立ってきたようだ。

「そ、それよりお丁はどうして殺されたんですかい」

「おめえの方に心当たりはねえのか」

「そう言われましても、お丁とはもう切れておりやしたし、この三年がとこ会っておりやせんから」

「その三年前からこっち、お丁は何をしていたと思う」

「見当もつきやせんよ」

「お丁はな、夜鷹をしてたんだぞ」

「ええっ」

初耳らしく、浅吉が動揺して、

「なんだって、そんなに落ちぶれちまったんだ……」

つぶやくように言った。

「おめえのせいだろう」

「あたしは何も……言い掛かりはよして下せえやし」

「お丁とはどうして知り合ったんだ」

「……」

浅吉は錯綜《さくそう》する思いを鎮めるようにしながら、

「お丁と知り合ったのは四年前で、浅草の田原町《たわらまち》にある料理屋でした。奴はそこで仲居をしてたんです。何度か顔を合わすうちに親しくなって、深みにはまるのに時はかかりやせんでした。それからすぐに、一緒に暮らし始めやした。ですが……」

「どうした」

「その頃あたしは花川戸の賭場に大きな借金があって、にっちもさっちもゆかなくなっておりやした。それを知ったお丁が、苦界《くがい》に身を沈めてあたしを救ってくれたんです」

「お丁が自分からそう言ったのか、それともおめえがそういうふうに仕向けたのか」

「いえ、お丁が自分から……」

浅吉の目が泳ぐのを見逃さず、そこで初めて乙女が口を切った。

「浅吉さん、後で調べればわかることなんですよ。ありのままを言って下さい」

乙女の強い目とぶつかり、浅吉はがくっとうなだれて、

「確かに、あたしの方から……けど、最後にそうすると決めたのはお丁なんだ。むりやりやらせたわけじゃやねえ」

「どこの女郎屋だ」

伊佐山が追及する。

「深川櫓下《やぐらした》の遊天《ゆうてん》という岡場所で」

「その後は」

再び伊佐山だ。

「そ、その後とは……」

伊佐山がじっと浅吉を覗き込み、

「おい、嘗めるなよ。次から次へと見世を鞍替えさせて、それで儲けるのは女で稼ぐおめえみてえな野郎の定石《じょうせき》だろうが。見世の名めえを洗いざらい言ってみろ」

「……へい、恐れ入りやした」

浅吉が下を向いたままで、深川界隈の女郎屋の屋号を三つ上げた。

それを乙女が捕物帳に書き取りながら、

「佃新地の松葉屋《まつばや》を最後にして、あなたはお丁さんを見限ったわけですか」

「そうじゃねえ、おれは最後にいいことをしてやってるんだ」

浅吉が昂然《こうぜん》と顔を上げて言った。

「いいこと？」

乙女が問い返す。

「ああ、そうだ。博奕で大当たりをして、どでけえ金を稼いだ。それで松葉屋に話をつけて、お丁の前借金を払ってやったのさ。だがあいつと会うのがつらくて、顔を見ねえで立ち去った。これでもお丁に後ろ暗え気持ちは持ってるんだ。だから本当に三年めえから会ってねえのさ」

「女郎屋を三軒も鞍替えしてりゃ、食ってく道はそれしか考えられなくなるわな。それでお丁は夜鷹に身を堕とした。元はと言やぁみんなおめえが悪い。おめえにさえ出会わなけりゃ、お丁は別の道を歩んでたかも知れねえんだ」

怒りの目で言う伊佐山に、浅吉はふっと冷笑を浮かべ、

「それを言われると返す言葉もありやせんがね、所詮は男と女のこった、もしもはねえんじゃねえんですかい。今さら何を言っても後の祭りなんだ」

言い終わらぬうち、浅吉の頰に伊佐山の鉄拳が飛んだ。

「この野郎、聞いた風なことぬかすな」

さらに拳をふり上げる伊佐山を乙女が止めて、

「浅吉さん、いい。ここからがわたしの本当に聞きたいことなの。嘘偽りなく答えて下さい」

乙女の真剣な目に見据えられ、浅吉は手拭いで鼻血を止めながらどぎまぎして、

「いってえ、なんのことだ……」

今では伊佐山の鉄拳より、何もかも見抜いたような乙女の視線の方が怕《こわ》かった。

九

母親のお吟《ぎん》は朝から浮き立っていた。

それは註文してあった娘の花嫁衣裳が仕立て上がってきたからで、白無垢のそれは眩《まばゆ》いようで、娘の描く蒔絵とおなじように絢爛にして華麗であり、気高くさえあった。

狩野派の絵師でありながら、芽が出ぬまま生涯を終えた夫とは違い、娘は才色申し分なく生まれ育った。そして人の引きにも恵まれて名声を高め、女としては稀有《けう》な出世を遂げたのだ。

しかもその総仕上げのようにして身に余る良縁まで舞い込み、先方から是非にと希まれもしたので、縁談はすぐにまとまり、母娘にとってこれ以上の喜びはなく、今まさにわが世の春なのである。

二人が住まいにしているのは日本橋北の難波町《なにわちょう》で、以前は名のある分銅《ふんどう》彫物師が居た借家であった。

住み始めた頃は女二人にしては広過ぎると思ったが、そこで娘はこれまで存分に腕をふるい、蒔絵描きに励んできた。それも来月にはここを引き払い、嫁ぎ先の大店へ転宅することになっている。そこではやがて、離れに新居を建ててくれるそうだ。

衣紋《えもん》掛けに掛けられた花嫁衣裳を、ぼんやりと見惚れるようにしていたお吟の耳に、

「ご免下さい」

と聞き馴れない娘の声が聞こえてきた。

お吟は慌てたように立ち、明るい日が差し込む廊下を通り抜けて玄関へ向かった。

もう五十に手の届くお吟は痩せ細って白髪《しらが》も多く、それを気に病んで近頃ではあまり人前に出ないようにしている。だが今は娘が仕事をしているところだから、応対に出なくてはいけないのだ。

それで畢竟《ひっきょう》気難しい表情になり、玄関に立つ客の前に畏《かしこ》まった。

「どちら様で」

今日の乙女はきちんと身装を整え、娘らしい小袖に身を包んでいる。

「乙女と申します」

「乙女さん……」

ついぞ聞かない名前なので、お吟が首をかしげた。

「糸路先生はおられますか」

「今は仕事をしておりますもので、誰にもお会いしません」

「どうしてもお話ししたいことがありまして、取り次いで貰えませんか。乙女といって下さればわかると思いますが」

「はあ……」

お吟は浮かない顔になったが、そこでお待ち下さいと言って奥へ去った。

乙女は立ったままで息を深く吸って吐き、気息を整えて心構えも強くした。糸路に負けてはならない、との意思も固める。ひそかに話の順序も反芻《はんすう》してみた。

やがてお吟が戻ってきて、戸惑い気味に乙女を招き入れた。


幸阿弥糸路は蒔絵筆を使い、手にした盃に小さく精密な鳥の図柄を描いていた。

広間には所狭しと蒔絵の道具が広げられ、幾つもの台箱や檜《ひのき》の篦《へら》、渋紙の蓋をした漆《うるし》の入れ物などが並んでいる。

蒔絵というものは、木や革などの面に黒、赤、黄などの色彩の漆汁を塗り、それに風雅な絵や文様を描くもので、そもそもは唐の国からの伝来である。

そして平安時代以後、蒔絵はわが国独自の漆工品として、芸術性と技術が著しく発達した。貴族社会がつとにこれを好み、鎌倉時代にはすでにその完成度は高い水準に達している。

ものの本によると、

「蒔絵とは金粉をもて、さまざまな模様を画するものの名なり。蒔絵に用ゆる漆の各種はいずれも雑分なきやう清浄にし、吉野紙にて幾回も濾《こ》して用ゆ。地蒔《じまき》は粉金に粗《あら》きもの、細かきものあり。品物により、下を絵漆にて塗り、梨子地粉《なしじふん》を竹の管に入れて思ひのままふるなり。すべて金粉を蒔掛けるには、粉の粗き細かき次第により、この竹管の絹目の大小を用ゆるなり」

とある。

「まあ、乙女さん。いつぞやは」

糸路が蒔絵筆の手を止め、華やかな笑みで乙女を迎えた。

乙女はその前に遠慮がちに座ると、

「お邪魔してすみません」

と言った。

糸路は一切の仕事を中断し、道具を退けて乙女に向き直ると、

「今日はどのような御用ですの」

とにこやかに言った後、

「あ、その前に、ここへは御用の筋ですか、それとも……」

「御用の筋で参りました」

さり気なく糸路の顔を窺うと、笑みは絶やさぬものの、その表情に微かな緊張の走るのがわかった。

「どのようなお話かしら」

伺いましょうと言って、糸路が乙女を正面から見た。

「八年前のことですけど、糸路先生は北紺屋町に住んでいましたね。その頃はお芳さんという本名でした」

「その通りですけど、それが何か」

「その頃、姉妹同様にして仲のよかったお丁さんという人が居たことを憶えてますか」

「もちろんですよ。忘れようとて忘れられない人です。下世話な言い方ですけど、よくつるんでおりました。今ではなつかしい思い出です」

「そのお丁さん、亡くなったんですよ」

「えっ」

糸路が愕《おどろ》きの声を漏らした。

「ご存知ありませんでしたか」

「ええ、まったく。もうずっと会っておりませんから。でもどうして死んだのですか」

「殺されたんです」

糸路が声にならない声で叫んだ。

「下手人は」

「わかっています」

糸路はどきっとしたように乙女を見て、

「だったら、早く捕まえて上げて下さい」

「そうですね」

乙女の沈着なものの言い方に、糸路は凍りつくような戦慄《せんりつ》を覚えた。この小娘はあなどれない、と内心で思う。

「話はまた遡《さかのぼ》りますけど、お芳さんもお丁さんも共にお身内が不幸なことになって、やがて二人して北紺屋町の長屋を出て行かざるをえないようになりましたね」

「そうです。お丁さんは寄る辺《べ》がないので、浅草の方の料理屋に住み込むことになったと言っておりました。わたくしも母を抱え、その時途方にくれたことを憶えております」

「長屋を引き払った後、お二人は本当に会ってないんですか」

「会っておりません」

糸路がきっぱりと言う。

「先生の方はどちらへ行かれたんですか」

「南鍛冶町《みなみかじちょう》の長屋へ越して、そこから鈴木町《すずきちょう》の幸阿弥与兵衛先生の許へ弟子入りしたのです」

「そこから運が開けたんですね」

「そうです」

「先生はそこに弟子入りなさるや、めきめき頭角を現したそうですね。さすがにお父様が狩野派の絵師だっただけあって、先生にも画才が具《そな》わっていた、いえ、天分があったものと評判になったとか」

「よくそこまでお調べに……乙女さん、わたくしは詮議を受けているのですか」

糸路が少し気障《きざわ》りな表情になって言った。

「そうですねえ……まあ、そうお取り頂いても」

乙女が少し苦しいような表情になって言う。

「一体なんの詮議でしょう」

糸路が気色《けしき》ばんだ。

「それは、ちょっとお待ち下さい」

乙女はそう言うと、みずからも気を鎮めるようにして、

「幸阿弥与兵衛先生の許へ弟子入りするに当たって、先生は三両二分の金子《きんす》を納めていますね」

「それは……弟子入りの際の約束ごとなのです。蒔絵を描くには材料代が大層掛かるものですから」

「そのおあしはどのようにして工面したんでしょう。失礼ですけど、当時の先生は母娘二人で食うや食わずの暮らしぶりだったはずです」

糸路はつっと眉根を寄せると、

「そこまで言いますか。本当に失礼な方ね。母がわたくしの才覚を見込んでいて、長い間にこつこつと貯《たくわ》えてくれていたのです」

その顔は青褪めている。

「先生、実はですね、その当時北紺屋町で少しばかり変なことがありました」

糸路の表情から血の気が引いた。

「上総屋《かずさや》さんという質屋さんをご存知ありませんか。先生の住んでいた長屋とは目と鼻の所にありました」

「さあ、憶えておりません……」

糸路は目を伏せてかぶりをふる。

「そこの主の甚兵衛《じんべえ》という人は長いことひとり暮らしでしたが、ある晩ぽっくり亡くなったんです。疵も何もなく、心の臓を患っていたこともあって、お年寄りの急死ということで片づけられました。ところが親戚の人がその後にやってきて有金と帳面を照らし合わせたところ、三十両の金子がなくなっていたことがわかったんです。三十両は大金ですが、掛かりのお役人はその不審に耳を貸さず、何かの間違いであろうということで済まされてしまいました。その一件はそれきりです」

「……」

「お芳さんとお丁さんが北紺屋町を出て行かれたのは、甚兵衛さんが亡くなられた十日後のことでした」

糸路の胸の内で、ざわざわと不吉に騒ぐものがあった。

「そのことが、わたくしとお丁さんに何か関わりがあるとでも申すのですか」

乙女はそれには答えず、

「先生は蒔絵師として成功を納められ、なおかつ良縁にも恵まれました。先方の櫛問屋の藪屋さんは大変な大店で、京橋筋にある南伝馬町一丁目の地積二千八百十三坪のうち、千坪を藪屋さんで持っているほどの大分限者《おおぶげんしゃ》です。大奥御用達なんぞも許されてますから、こういうのを本当に飛ぶ鳥を落とす勢いというんでしょう。お相手の仲《なか》次郎《じろう》さんは先生とはとてもお似合いで、周りの誰しもがこの縁組を祝福しています。ましてや向こうから希まれた願ってもない縁談ですから、これに勝る女冥利《みょうり》はありませんよね」

「……」

「そういう所へお入りになって、もし何事もなければ、大店の庇護の下《もと》に先生はさらなるご発展をなされると思います。藪屋さんの櫛に先生が蒔絵をお描きになられ、それが藪屋の蒔絵櫛として人気を呼んで、皆が奪い合うようにして贖《あがな》う姿が目に浮かびます。値なんぞも、わたしなんかにはとても手が出せないものになるでしょう」

「……」

「でも残念ながら、先生が祝言を挙げることは叶わぬ夢だと思いますよ」

糸路が身を震わせるようにして、

「乙女さん、もうやめて下さい。あなたは勝手に思い込み、決めつけて、わたくしを悪者にしようとしているのではありませんか。理不尽です。なんの科《とが》か知りませんが、あなたにわたくしの幸せを奪う権利などないはずです」

必死で縋りつく糸路の目を、乙女はしっかりと受けとめ、

「先生、花鳥屋石之助という人をご存知ありませんか」

「……」

不意に糸路が硬い顔になり、黙り込んだ。その身内が震えているようにも感ぜられた。

「この人は地本問屋の主なんですが、瓦版作りも熱心にやっていた人です。花鳥屋さんはそんな商売柄顔も広く、尋ね人なんかを探し出すのはお手のものでした」

「……」

「先生はその花鳥屋さんに、ある人を探してくれるように頼みませんでしたか」

「……」

「探す理由を話さないわけにはいきませんから、それはそれなりに作り話をしたのだと思います」

「……」

「その尋ね人というのは、浅草の料理屋から居なくなったお丁さんです。お高祖頭巾で面体を隠し、先生は首尾を聞く為に何度か花鳥屋さんの土蔵を訪ねていますね」

「……」

「やがてお丁さんの居場所がわかって、先生はまず花鳥屋さんを口封じに刺し殺し、その後お丁さんを手に掛けたんです」

「……」

「今の幸せの絶頂を、昔を知るお丁さんに知られたくなかった。忌まわしい昔のことはすべて消し去りたかったんじゃありませんか」

「……」

「でもそれだけの事情にしては、お丁さんを見つけ出して殺すのはあまりにもひどいと思いました。ただ貧しい娘時代を知っているだけで、それだけでそんな危険なことをするのは不自然だと思ったんです」

「……」

「そこで北紺屋町の上総屋甚兵衛さんの死んだことに話は戻るんです。消えた三十両がこれでよみがえってくるんですよ」

「……」

「八年前、先生はお丁さんと二人で上総屋さんに押し込んだんじゃありませんか」

「……」

「先生、もう逃れられないんですよ」

「……」

「糸路先生、いえ、お芳さんのしたことを北町のお奉行様が知ったら、さぞお嘆きになることでしょう。お奉行様だけじゃなく、先生を見出してくれた鍋島のお殿様だって」

「やめてっ」

糸路が悲痛な声を発し、両手を耳に押し当てて音を塞いだ。その表情は烈しい苦悶に歪んでいる。

「よくぞ、そこまで……」

そうつぶやくとがっくりと前屈みになり、両手を畳に突くと、懺悔《ざんげ》でもする罪人のように、

「あなたには負けました」

暗澹《あんたん》たる思いの吐息をひとつ吐いて、そう言った。

「でもわたくしたち、上総屋さんに押し込んだのではありません」

糸路が告白を始めた。

それは八年前の、夏の日の夕暮れのことである。

お芳とお丁が北紺屋町の裏通りをぶらついていると、上総屋甚兵衛が家の裏手で行

水を使っているのが目に入った。甚兵衛はひとり暮らしだから、それで家のなかが無人なことが一目でわかった。

二人の心に同時に魔が差した。

そして共に金が尽き、暮らしが行き詰まっている事情が、二人の背中を押した。

家の表から入って座敷へ上がると、丁度帳付けをしていた途中らしく、大机の上に小判や銭が山と積まれてあった。

しかしいざ金を目の前にすると、恐ろしくなって二人とも尻込みしてしまった。

そして何も盗らずに逃げようとするところへ、折り悪《あ》しく浴衣の帯を締めながら甚兵衛が入ってきたのだ。

甚兵衛は二人の姿に驚愕し、泥棒と叫ぼうとして急にうめき声を上げ、なぜかうずくまった。口から泡を吹き、顔色がみるみる土気色《つちけいろ》になって躰さえ震わせ始めた。

お芳とお丁は怖ろしさに何も出来ず、その光景を茫然と見守っているばかりであった。

やがて甚兵衛は呆気なくこと切れた。

二人は動転してとび出そうとした。

だがそこでお丁が、これは天の助けなのだと言い、大机の上の金を震える手で数え、三十両だけ拝借することにした。

お芳はそれを止めることが出来ず、お丁に引きずられるままであった。外へ出て十五両ずつきっちり分け合い、これでやり直そうとお丁が言った。お芳にはそれを拒むことが出来なかった。

それから二人はばたばたと転宅の支度を始め、滞っていた店賃をきれいに払い、後くされなく長屋を後にした。急に金離れがよくなったと言われたのは、その為であった。

その後の二人の人生のことは乙女も知っての通りで、お芳とお丁の運命は明と暗に分けられたのだ。

「その上総屋さんの一件があったから、お丁さんを生かしておくことが出来なかったんですね」

うなだれてうなずく糸路の口から、嗚咽《おえつ》の声が漏れている。

「でも、何も殺さなくとも……」

乙女が溜息を吐いて言った。

糸路は啜り泣きながら、

「お丁さんが怖かったのです……上総屋さんのことをこの先どこかで喋られたらどうしよう、いいえ、もしゆすられでもしたらと思い悩みました。今の幸せを逃したくない、このままの暮らしを続けていきたい……その一心で花鳥屋さんにお丁さんを探して貰い、それで……花鳥屋さんには身分を隠しているつもりでしたが、あの人はわたくしのことを調べ上げて卑劣なことを……」

「逆にゆすられたのですか」

「いいえ、躰を求められたのです。それを拒んで争っているうちに、刺してしまったのです」

「でもあらかじめ匕首は持っていたのですから、いずれにしても口封じをするつもりでいましたね」

「はい、そう心に決めておりました。それから日を置かずに浅草の大円寺へ出掛け、お丁さんをこの手で……」

「お丁さん、入ってきた先生を見て何か言いましたか」

「とても喜んでくれて、わたくしの名が世に出ていることも知っていて、泪さえ流してくれました。そのお丁さんを、心を鬼にしてわたくしは手に掛けたのです」

乙女はやるせない思いで、

「そうなんですよ、その通りなんですよ」

「……」

「お丁さんという人は先生の成功を、陰ながら本当に喜んでいたらしいんです。以前にお丁さんと暮らしていた、浅吉という人から聞きました。お丁さんはいつも先生の自慢話をしていたそうです。それが耳にたこだったたって。高名な蒔絵の先生と自分は娘時代にとても仲良しだったと、そのことばかり言って。夜鷹に身を堕とした自分を嘆く一方で、きっと先生の成功に夢を託していたんだと思うんです」

「……」

「でも先生、お丁さんは先生の前へ出て行こうなんて、考えもしてなかったようです。ましてや昔のことで先生をゆすろうなんて、露ほども思ってなかったんですよ」

糸路はくぐもったようなうめき声を漏らすと、

「……何もかも、わたくしの浅はかな考えから始まったことです……いかようにも罪を償います」

「では、行きましょうか」

乙女がうながすと、糸路がうなだれたままでそっと両腕を突き出した。

「縄なんか掛けませんよ。二人でぶらりと買物にでも行くようにして、大番屋へ参りましょう」

糸路は感謝の目で乙女を見ると、素直にしたがった。

だが広間を出て、二人は愕いて立ち止まった。

そこにお吟が包丁を構えて立っていたのだ。

「おっ母さん、何をするつもりなの」

糸路が険しい表情になって問うた。

「おまえを殺してあたしも死ぬ。この先のことを考えたらとても生きちゃいられないよ」

乙女はすっと糸路を庇い立つようにして、

「あなたは娘さんの仕出かしたことを、みんな知っていましたね」

お吟は視線をさまよわせて、

「し、知っていた、みんな知っていた……上総屋の時から、察しはついていた」

「だったら、どうしてそれを止めようとしなかったんですか。なぜ今まで黙っていたんですか」

乙女が責めた。

「あたしもこの子とおんなじさ。甘い、見果てぬ夢をずっと見ていたかったのよ」

この母親は娘に寄生して生きることしか、ほかに考えられないのだ。

「おっ母さん……」

糸路が切なさに身を揉んだ。

「死んでおくれ、お芳」

お吟が血走った目で包丁をふるい、二人へ向かってきた。

乙女が帯の後ろから小十手を抜き、包丁を弾いたつもりが外れた。

お吟はそのまま突進し、身をひるがえす糸路の髪の髱《たぼ》をつかんだ。それを引き寄せ、包丁をふるう。

だが乙女が横からお吟の手首をつかみ、包丁をもぎ取った。

「ああっ」

うめくお吟を糸路から引き離した。

糸路は辛くも難を逃れたが、髱が弛み、元結の外れた髪がはらりと落ちた。その姿は艶冶《えんや》として凄艶であった。

「おっ母さん、もう諦めて。親子の縁もこれまでよ」

糸路が縁切りをして言い放った。

「お芳っ……」

お吟がみっともないほどに泣き崩れた。

乙女は鬼気《きき》陰々《いんいん》たる思いで立ち尽くしていた。

十

晩夏の日差しが照りつけるお堀端を、乙女と金さんが歩いていた。

金さんは編笠を被り、着流しに佩刀《はいとう》姿だ。

「乙女、幸阿弥糸路の沙汰が下ったぜ」

「それは言わないで、お父っつぁん」

「聞きたくねえか」

「もうわかってるから」

「そうか」

「わたし、あの人には少し同情してるの。そりゃ犯した罪は許されるものじゃないけど、無理もないなって思うところもあるから。暗く貧しい昔を持ってる人なら、誰だってそこから逃げたいわ。ふり向きたくなんかないわよ」

「近頃おめえの言うことは、ずしんと腹にこたえるな」

「どういうこと」

「このおれにも、若え頃家をとび出して勝手気ままをしてた時期があったろう。あの頃のことを思うとな、なつかしい反面、やっぱり消し去りてえ気持ちにもなるのさ」

「そうか……でもほかの人と違って、お父っつぁんには消したくとも消せないものがあるわよね」

「入れ墨のことだろう」

「うん」

「言ってくれるなよ、忘れてるのに」

「ご免ね」

「背なの彫物はおれぁ一生背負ってくつもりよ。消す消せねえじゃなくて、これがおれそのものなんだってな、腹ぁ括ってるんだ」

乙女が感心して、

「お父っつぁん、大したものよ。そうやって自分のことがわかってて、その上でお奉行様の金看板背負ってるんだから、そこが凄いところなのよ。だから水野《みずの》や鳥居《とりい》なんかに負けないでやってられるのね」

金さんは慌てて辺りを見廻し、

「おい、その名めえを出すな。出す時は様をつけろ、様を」

「ふんだ、あんな奴ら、世の中悪くばかりしてさ、ろくなものじゃないわよ」

「話は戻るがな、糸路は女牢じゃなくて揚《あが》り屋に入れてやったぞ」

揚り屋というのは、伝馬町牢屋敷のなかでも身分のある者が入る牢で、待遇は一般よりややよくなるのだ。

「あら、あの人は絵師だから町人の身分のはずでしょ。お父っつぁん、また粋なことをしてくれたのね」

「残念だがそうじゃねえのさ、鍋島の殿様の頼みなんだよ」

「まあ」

「鍋島公は立派なお人だぞ。糸路の罪は罪として、蒔絵の品々に罪はねえってな、これからも糸路がこさえたものを寵愛《ちょうあい》していくそうだ」

「ふうん、そういう立派な殿様こそご老中になればいいのにね。あの水野じゃこの世は闇よ。江戸っ子はみんなそう思ってるわ」

「そこへ話を戻すな」

「ねっ、お父っつぁん、この間妙なこと言ったわね」

「なんだ」

「わたしの為なら湯水のように金を使ってもいいって」

「ああ」

「それでわたしが罪滅ぼしでしょって言ったら、そうじゃないと。どんなわけなのか教えて」

「そいつをここで言うのか」

「早く言ってよ、右近様がきちゃうから」

「それはだな、つまりその、おめえを目のなかに入れても痛くねえと、そういうことを言いたかったんだ」

「なんだ、つまらない」

「どうしてつまらねえんだ」

「だって当たり前のことじゃない。わたしたちは親子なんだから」

「それは違うぞ。世間並の親子ならそうだがな、おれとおめえは――」

「あっ、右近様」

乙女が一方へ向かって手をふった。

二人と待ち合わせの右近がにこにことやってきた。

そうして右近は二人へ挨拶を済ませると、

「遠くから見ていたら、何やら揉めているようでしたが」

「いや、そんなことはねえ。いつものじゃれ合いだ」

金さんが苦笑を浮かべて言う。

「右近様、今日はお父っつぁんがとびきりのご馳走をして下さるんですって」

「それは有難い。このところろくなものを食べてなかったので腹が鳴ります」

「右近様、大食いですものねえ」

「乙女さんには負けるぞ」

「食べ比べしましょうか」

「いいとも。受けて立とうではないか」

「それじゃお父っつぁん、湯水の店へ連れてって」

金さんが思わず財布をひっぱり出し、中身と相談を始めた。

「湯水の店とはなんのことだ、乙女さん」

事情を知らない右近が訝る。

「湯水の如くおあしを使うお店のことです。さあさあ、お父っつぁん」

浮き立つ乙女と右近を尻目に、金さんははーっと太い溜息を吐き、うんざり顔なのである。

夜桜乙女捕物帳《よざくらおとめとりものちょう》　みだれ髪《がみ》

和久田《わくだ》 正明《まさあき》

学研M文庫

2006年8月22日　初版発行

●

発行人――大沢広彰

発行所――株式会社学習研究社

東京都大田区上池台4-40-5 〒145-8502

印刷・製本―中央精版印刷株式会社

★ご購入・ご注文は、お近くの書店へお願いいたします。

★この本に関するお問い合わせは次のところへ。

• 編集内容に関することは ― 編集部直通 03-5447-2311

• 在庫・不良品（乱丁・落丁等）に関することは ―

出版営業部 03-3726-8188

• それ以外のこの本に関することは ―

学研お客様センター 学研M文庫係へ

文書は、〒146-8502 東京都大田区仲池上1-17-15

電話は、03-3726-8124

落丁・乱丁本はお取り替えいたします。

定価はカバーに明記してあります。

わ-2-10